DAS UMGEHEN DER ORTE

Lisa friert nicht. Sie kann es einfach nicht. Schwitzen dafür umso mehr. In den Sommermonaten flüchtet sie ins Eisstadion und stellt sich vor, es hätte sie noch weitaus schlimmer treffen können als in Südwestdeutschland. Etwa in Bangkok oder Miami. Und dann zieht Anne ins Nachbarhaus, ein Anti-Mädchen mit Gletscheraugen und einem Plan im Gepäck … Wie Lisa und Anne sind alle Figuren in »Das Umgehen der Orte« Geheimnisträger, deren Wege sich kreuzen und Schicksale aufeinanderprallen. Einige trägt es hinaus in die Welt, nach Melbourne oder auf die Westmännerinseln, andere zieht ihre Last bis auf den Grund. Was zählt sind Freunde – die Familie, die man sich aussucht, wie es heißt. Mit ihnen teilt man alles: Träume, Ängste, die miesen Momente, die richtig guten.

»Fabian Hischmann kann einem gleichzeitig das Herz streicheln und einen harten Nierenhaken platzieren. Das Verblüffende ist: Man findet beides gut.« Dorian Steinhoff

Fabian Hischmann

DAS UMGEHEN DER ORTE

Roman

BERLIN VERLAG

Mehr über unsere Autoren und Bücher: www.berlinverlag.de

Der Autor dankt der Kunststiftung Baden-Württemberg
für die Unterstützung seiner Arbeit.

Die Zeilen des Kinderlieds in »Festung« stammen
aus dem Spielfilm »Stand By Me – das Geheimnis eines
Sommers« von Rob Reiner aus dem Jahr 1986.

MIX
Papier aus verantwortungsvollen Quellen
FSC® C083411

ISBN 978-3-8270-1292-0

Umschlaggestaltung mit einer Illustration von Matthias Nizinski
(matthias.nizinski@gmail.com), ebenso S. 207:
ZERO Werbeagentur, München
Typografie: Birgit Thiel
Gesetzt aus der Candida und der Frutiger von Fagott, Ffm
Druck und Bindung: CPI books GmbH, Leck
Printed in Germany

Für meinen Neffen Jacob

»If your movies don't perform,
they just stop calling you.«
Matt Damon

Festung

Wir laufen zum Versteck. Wir singen: »Das Gewehr geladen in der starken Hand.« Wir sammeln Munition vom Boden auf. Wir singen weiter: »Zieht der Ritter ohne Rüstung durch das wilde Land.« Wir klopfen Nägel in Bretter. Wir treffen einen Finger. Wir tragen bunte Pflaster. Wir klopfen weiter Nägel in Bretter. Wir tragen noch mehr bunte Pflaster. Wir hören es rascheln über unseren Köpfen. Wir sehen Käfer aus den Blättern fallen. Wir drehen die Käfer zurück auf die Füße. Wir geben den Käfern Starthilfe. Wir schlecken Paprikapulver von Kartoffelchips. Wir gurgeln mit Limonade. Wir hissen einen Kissenbezug. Wir nennen uns Bande. Wir ahnen noch nichts.

2004

Südwesten

*

Sie standen auf dem Kirchturm. Es regnete Eis, als Lisas Vater wieder und wieder versuchte, ihr die Anorakkordel festzuzurren und die Mütze tiefer ins Gesicht zu ziehen. Aber Lisa war einfach nicht kalt.
Sie ließ sich nur deshalb weiter einpacken, weil er sagte, dass ihre Mutter ihm die Hölle heißmachen würde, sollte sie krank werden.
Lisas Opa hatte ihr von der Hölle erzählt, davon, dass *die Bösen* dort für immer in einer Sauhitze leiden müssten.
Schließlich wehrte Lisa sich nicht weiter, obwohl die Vaterfinger ganz klamm waren und ein bisschen Hölle denen wohl gutgetan hätte.

Beim Abendbrot sagte er zu ihrer Mutter: »Wusstest du eigentlich, dass wir ein Eskimokind haben?«

Ein paar Wochen später fand Lisa ihn auf dem Toilettensitz, nackt und blau angelaufen, eine Krawatte um den Hals, deren schmaleres Ende er mit dem Wasserrohr hinter sich verknotet hatte. Sein Penis sah aus wie eine dicke, haarige Raupe.

Lisas Mutter wickelte sie in die Kinderdecke und rubbelte ihr die Schultern. Kalt war Lisa nicht.

Nach der Beerdigung wollte Lisa wissen, ob der Papa jetzt im Himmel sei. Sie sagte ja.
Als Lisa aber ihren Großvater fragte, deutete der nur mit dem Zeigefinger nach unten. Da war Parkettimitat, darunter lag der Keller. Und unter dem Keller, sie befürchtete es, die Hölle.

Ihre Mutter entdeckte Wolle für sich.
Lisa entdeckte Snickers.
Beide gingen zum Psychologen.
»Kompensation«, sagte man zu ihnen und fügte für Lisa noch »Sport« hinzu.
Es nützte nichts.
Ihre Mutter brauchte länger und länger für die Pullover, weil Lisa immer schneller mit den Schokoriegeln wurde.

Mit siebzehn wiegt Lisa über 100 Kilo.

* *

Lisa und ihre Mutter räumen die Großvatersachen in Kisten für die Caritas. Sein Zimmer im Pflegeheim ist winzig. »Nicht viel größer als der Sarg bald«, sagte er bei seinem Einzug und pulte sich ein Stück Lauch vom Mittagessen von den Zähnen, die durchs Rauchen und die Zeit so aussehen wie die Klobrillen in Lisas Schule.

Gerade will Lisa sein Fernrohr auf die Militärorden in der kleinen Kiste mit der Aufschrift *Was Opa behält!* plumpsen lassen, als sie ein Mädchen entdeckt, das mit Straßenkreide ein Spielfeld in die Auffahrt des Nachbarhauses malt. Die Müllers sind vor gut einem Monat weggezogen, und das Mädchen ist dafür eigentlich schon viel zu alt. Lisa presst das Fernrohr an ihr linkes Auge: blonde Haare, Pferdeschwanz, Kapuze, gerader Rücken, Jeans, schwarze Doc Martens
– Drehung –
Blaue Augen. Gletscherblau. Wie die Erfrischungsbonbons, die ihr Vater beim Autofahren lutschte und immer schnell zerbissen hat. Seine letzte Tüte hat sie sich übers Bett gepinnt.
Auf dem Pulli des Mädchens steht *Sonic Youth.*

»Es brennt noch immer«, stöhnt Lisas Mutter aus dem Hin-

tergrund. Sie kommt vom Klo zurück, zum x-ten Mal, hat eine Blasenentzündung, wie alle paar Wochen.
Vor Schreck fällt Lisa fast das Fernrohr aus der Hand.
»Gibt's da was Interessantes draußen?«
»Nur neue Nachbarn«, sagt sie und schiebt das Rohr zusammen.

Am nächsten Tag auf dem Weg zum Schulbus bleibt sie vor dem Kreidefeld stehen.
Jemand ruft: »Anne! Was ist mit deinem Pausenbrot?«
»Behalt's!«
Kurz darauf steht Anne vor Lisa, verpennte Gletscheraugen mustern sie.
Anne sagt: »Hüpfekästchen.«

Lisa nickt, ohne Bescheid zu wissen, ihr Mund steht einen Lutscher breit offen, was sie in Annes verspiegelter Sonnenbrille sieht, jedoch nicht ändern kann. Anne sperrt ebenfalls den Mund auf und lässt gleich darauf die Lippen ploppen. Ein blonder Karpfen, denkt Lisa, und schafft es endlich auch, ihren Mund zu schließen.
»Pass auf«, sagt Anne, wirft Lisa ihren Rucksack in die Arme, springt ins Feld und federt von einem Kästchen ins nächste. Als sie fertig ist, ist Lisa froh, den Rucksack festzuhalten, sie würde ihr sonst applaudieren.
»Musst du auch zum Bus?«
Lisa nickt wieder.
»Tja«, sagt Anne grinsend. »Den haben wir wohl verpasst.«
Ab da sind sie ein Team.
Das A-Team.
Anne führt und Lisa folgt ihr.

Die beiden Mädchen gehen Richtung Kläranlage. Anne sagt, sie brauchen einen Ort, den alle meiden.
»Wo man relaxt schwänzen kann, weißte.«
Wäre Samstag, würde Lisa ihr Zimmer vorschlagen. Da Montag ist, fällt ihr bloß die Anlage ein. Die stinkt an manchen Tagen bis über den Hügel und in die Häuser. Viele Leute wissen das nicht, wenn sie hierherziehen. »Man gewöhnt sich an alles«, sagt Lisas Mutter dazu. Sie sagt es ständig und zu allem. Seit Lisas Vater tot ist, ist das ihr Satz. Und Blasenentzündung ihr Infekt.

Bevor sie richtig schwänzen können, müssen sie zur China-Box. Anne will Bier kaufen. Der Edeka ist zwar näher, aber Anne meint, da sitzt ein Neonazi an der Kasse, der ihr gestern, als sie für ihre Mutter was besorgen musste, auf die Titten geglotzt hat. Anne hasst Deutschland, erzählt sie Lisa. Bei der letzten Fußball-WM haben sie und ihr Exfreund alle Fahnen in der alten Nachbarschaft geklaut und anschließend verbrannt. Sie fragt, wie Lisa Deutschland findet. Lisa antwortet, Deutschland sei ihr egal.
»Egal ist okay«, sagt Anne.

Obwohl es erst halb zehn ist, hat die Box schon auf. Es riecht nach gebratenem Reis. Anne zieht die Kapuze über und geht hinein. Lisa wartet draußen an der Seite.
Ans Wellblech gelehnt, sieht sie den leeren Schulbus vorbeifahren. Sie fühlt sich nicht leicht, aber ein bisschen frei.

Eine halbe Stunde später sitzen Lisa und Anne unweit der Scheißebecken auf einem Stromkasten. Es stinkt, aber die Sonnenstrahlen sind warm für März. Für Lisa zu warm.

Sie zieht den Pulli mit dem Rautenmuster über den Kopf, und Anne schiebt ihn sich unter den Hintern.
»Geiler als jeder Sessel«, sagt sie.

Die Wollpullover lassen Lisa ein Doppelleben führen. Zu Hause trägt sie, ihrer Mutter zuliebe, nichts anderes. Doch sobald sie vor die Tür geht und außer Sichtweite ist, zieht sie die Teile meistens ganz schnell aus und bringt sich in Ordnung, um nicht zu zerfließen und den Tag zu überleben.

Anne reicht Lisa die China-Box-Tüte. Zwischen den Bierdosen und vier Paar Stäbchen liegen zwei Snickers.
Anne sagt: »Ich wusste nicht, ob du Schokolade magst.«
Lisa macht ein Augenbrauen-Ziehen, eine Sekunde, zwei – dann prusten sie los.
Als sie sich wieder gefangen haben, will Lisa wissen, wofür die Stäbchen gut sind. Anne reicht ihr eins und stellt sich vor sie hin. Sie sagt: »En garde!«
Und sticht Lisa mitten ins Herz.

Am Ende des Tages hat der Himmel rote Tupfen.
Wenn er so ist, sagt Lisas Mutter immer: »Gott schämt sich. Recht hat er.«
Auch die Mädchen sind rot im Gesicht vom Bier.
Lisa hat gefragt, ob Anne sie fett findet, und Anne meinte bloß: »Fett ist das falsche Wort. Du bist halt mehr als andere.«

* * *

Lisa pustet Flammen aus.
Ihren Mundschutz hat sie dafür in die Stirn geschoben.
Der Berliner, in den Anne die Kerzen gesteckt hat und aus dem das Pflaumenmus auf die Pappe läuft, ist ein außerirdischer Igel, haben die Mädchen beschlossen.
Anne übergibt Lisa ein Geschenk. Ihr »Happy Birthday« klingt dumpf durch den Mundschutz, auf den sie *Party hard!!!* geschrieben hat. Das Geschenk ist in Alu eingepackt. Lisa denkt an Kartoffeln und Glut und Asche, daran, wie ihr Vater auf einem Grillfest der Spedition, für die er gearbeitet hat, die silbernen Kugeln aus dem Feuer holte und reihum auf die Teller verteilte, ohne dass ihm die Hitze etwas ausmachte. Nie brauchte er Topflappen, wenn er das Essen vom Herd nahm, und auch nie Schlappen, wenn die Freibadsteine im Hochsommer glühten. Im Winter legte er dafür Lammfellsohlen in ohnehin schon gefütterte Schuhe und trug zwei lange Unterhosen übereinander.
Er war nicht mein Gegenstück, denkt Lisa, sondern mein Gegenteil.

Als sie die Folie zu allen Seiten wegklappt, blitzt neben den Vaterbildern auch die Obduktionsszene aus *Alien 3* auf, die sie vorgestern noch mit ihrer Mutter gesehen hat.

Sie lieben Science-Fiction, beide. Anne meint, das sei doch logisch, wenn einen die Realität so dermaßen gefickt hat. Für alles hat sie Lösungen parat oder zumindest ein paar Sätze.
Das Innere ist schwarz und XL und 100 Prozent fair gehandelt. *Dinosaur Jr.* steht auf der Vorderseite des Hoodies. Erwartungsvoll sieht Anne Lisa an. Ihre Bonbonaugen glitzern. Lisa ist sprachlos und schwitzt, weil es Mitte Juli ist, Anne ein knallenges Top trägt, ihr Vanilledeo sich gegen die Scheiße durchsetzt und sie nicht nur dankbar, sondern auch sehnsüchtig macht.

Sie teilen eine Kippe. Dann holt Anne zwei Steine, Papier und Stifte aus ihrem Rucksack. »Jede von uns schreibt jetzt auf, was sie unbedingt loswerden will, okay?«
»Okay«, sagt Lisa.
Bei jedem anderen hätte sie sofort nein gesagt. Der Kindertherapeut wollte auch immer solche Spielchen mit ihr spielen, viel malen sollte sie. Aber weil Anne Anne ist, supersexy und normalerweise anti alles, macht Lisa den Psychoquatsch mit.
»Wen oder was schickst du zum Teufel?«
Lisa will antworten, doch Anne funkt sofort dazwischen: »Mensch Lisa, niemals, unter gar keinen Umständen, darfst du's mir verraten! Sonst gilt's nicht, weißte doch.«
Sie wickeln das Papier um die Steine und laufen bis zum Schutzzaun. Über dem Klärbecken stottert die Hitze.
»Countdown läuft«, verkündet Anne.
»Drei, zwei, eins.«
Die Mädchen werfen.
»Scheiße zu Scheiße«, sagt Anne.

»Scheiße zu Scheiße«, sagt auch Lisa, die ihren Mundschutz wieder trägt.
VIP, hat Anne auf ihren geschrieben.

Anne checkt ihre Casio.
»Alles klar, mein Herz, wir können los. Mein Vater ist in der Luft und meine Mutter bei den Kleppern.«
Mein Herz, denkt Lisa, wenn du wüsstest, wie das rast.

* * * *

Immer wenn Lisa in Annes Wohnzimmer sitzt, ist sie baff. Alles hier ist beige, bis auf das schwarze Samurai-Schwert an der Wand und die geschnitzte Antilopenherde auf dem Glastisch in der Mitte des Raums. Und alles ist teurer als drüben bei Lisa und ihrer Mutter. Von außen ist das nicht zu sehen, die Fassade tanzt überhaupt nicht aus der Reihe.

»Meine Eltern sind Understatement-Bonzen«, sagt Anne. Besitz bedeute ihr nichts, behauptet sie.

Es ist einfach, das zu sagen, wenn man nie nichts besessen hat, findet Lisa.

Bevor die Hansens hierherzogen, haben sie in Berlin gewohnt, davor in Tokio und in Johannesburg. Annes Vater ist Pilot. Ihre Mutter ist Dressur-Trainerin und hat in den Neunzigern Olympia-Silber mit der Mannschaft geholt. Sie hofft, dass ihre Tochter irgendwann doch noch ein liebes Pferdemädchen wird.

Normalerweise ist Anne das Zentrum, sie erzählt und stellt kaum Fragen. Manchmal kommt es Lisa vor, als glaube Anne, in fette Menschen passe mehr Müll rein.

Heute ist es anders. Anne schenkt vom japanischen Rum ihres Vaters ein und füllt die Gläser mit Cola auf. Dann fragt sie: »Wie ist dein Vater eigentlich gestorben?«

Als Lisa es Anne erzählt, rollen ihr die Wörter zäh über die Zunge. Es fühlt sich beschissen an, etwas zu gestehen, für das man nichts kann. Die Geschichte von ihrem Vater gibt Lisa das Gefühl, noch weiter außen zu stehen. Sowieso stellt sie sich jeden Tag die Frage, warum Anne sie ausgesucht hat. Denn im Gegensatz zu ihr, hat sie die Wahl. Sie hat Hals und Hüfte und eine ganze Familie.
Anne zupft Flusen aus dem Teppich.
»Wie bei INXS«, sagt sie ruhig, und Lisa kapiert es nicht.
»Der Sänger von denen ist auch so gestorben«, erklärt Anne.

Damals hatte Lisa es auch nicht gleich kapiert. Als sie dreizehn war, belauschte sie ein Gespräch zwischen ihrer Mutter und deren bester Freundin. Die Frauen klopften kleine Schnapsfläschchen auf die Tischplatte, bereiteten sich auf die große Singleparty im Feuerwehrhaus vor.
»Du bist sexy, Susanne. Er war einfach krank, ein Perverser«, lallte die beste Freundin.
Ihre Mutter schluchzte: »Was soll ich Lisa denn sagen? Dein Vater wollte mich nicht mehr ficken, das war ihm zu öde. Er hat es sich lieber selbst gemacht und ist dabei verreckt ...«
Eigentlich war Lisa damals auf dem Weg in die Küche, um sich beruhigen zu lassen. Im Badezimmer hatte sie Blut im Slip gefunden. Sie wusste ungefähr, was das bedeutete, wollte es aber bestätigt haben. Sie hatte ein Ohr an die Tür gelegt und mitgehört, was ihre Mutter ihr nicht sagen konnte. Und weil damals auch Hochsommer war und Lisa der Schweiß auf der Stirn stand, schlich sie die

Treppe runter Richtung Keller, Richtung Hölle, steckte den Slip in die Waschtrommel, öffnete die Gefriertruhe und ließ den Kopf zwischen tiefgefrorenes Buttergemüse und Fischstäbchen hängen.

»Und hasst du ihn?«, will Anne wissen.
»Manchmal«, antwortet Lisa leise.
»War er denn sonst cool?«
»Er hat mich zum Eishockey mitgenommen und mir immer so viel Zuckerwatte gekauft, wie ich wollte. Er hat mir vorgelesen. Und er hat gesagt, ich bin sein Eskimokind.«
»Also das ist nicht cool.«
»Was meinst du?«
»Eskimo ist nicht korrekt. Es heißt Inuit.«
»Scheiße Anne, was willst du mir damit jetzt sagen? Er hat es lieb gemeint und nicht irgendwie faschomäßig, okay! Außerdem war sein Chef Türke.«
»In der Türkei gibt's auch Faschisten.«
Lisa überlegt ihren Konter, doch Anne ist fixer.
»Gab es bei euch zu Hause Schaum- oder Neger…«
»Schokoküsse«, unterbricht Lisa mit brüchiger Stimme, und plötzlich laufen ihr Tränen übers Gesicht und sie schreit: »Mein Vater war kein Nazi!«
»Aber …«
»Nichts aber. Halt jetzt einfach die Klappe, Anne!«
Die Mädchen schweigen sich an.
Anne sieht ihren Eiswürfeln beim Verschwinden zu.
Lisa zählt die Ticker der Wanduhr.
Bis Anne sagt: »Tut mir leid, mein Herz. Freunde?«
Sie hält ihr die Faust entgegen und Lisa zögert nur kurz.
Jede Berührung zählt.

Anne füllt die Gläser auf, und gerade als Lisa sich beruhigt hat, ist die Türklingel zu hören.
»Ah, unser Komplize ist da«, sagt Anne und steht auf.

Mit Magnus im Schlepptau kehrt sie ins Wohnzimmer zurück. In Lisa wächst der Wunsch abzuhauen. Magnus ist erst im vergangenen Winter auf ihre Schule gewechselt und sitzt mit ihnen im Deutsch-LK. Davor besuchte er ein Internat am Bodensee. Er soll dort wegen Körperverletzung geflogen sein, hat Lisa zufällig mitbekommen. An seinem ersten Schultag stand Magnus in der großen Pause auf dem Raucherhof und spendierte eine Runde Kippen. Auch Lisa und Anne bekamen eine, und als er Anne Feuer gab, sahen die beiden sich lange an.
»Heiß«, flüsterte sie ihr später ins Ohr.
Für Lisa sieht Magnus aus wie ein Frettchen.
»Alles Gute«, sagt Magnus und drückt ihr ein Buch in die Hand. *Hundert Jahre Einsamkeit* steht auf dem Einband. Wiederholungstäter, denkt Lisa, die den Titel im ersten Moment als Körperverletzung versteht und nicht übel Lust hat, das Buch ins Kaminfeuer zu schmeißen. Doch erstens sind draußen 30 Grad, zweitens haben die Hansens gar keinen Kamin, weil alles beige ist und beige bleiben soll, und drittens wirkt sein Lächeln tatsächlich ehrlich.
»Márquez ist ein Genie«, fügt er erklärend an.
Er selbst ist eher keins, vermutet Lisa. Welches Genie dreht zwei Ehrenrunden und ist in der Abschlussklasse zwanzig?

»Wir brauchen Nachschub«, stellt Anne fest, als sie Magnus eingeschenkt hat. »Ich bin mal eben im Keller.«

»Ich komm mit«, sagt Lisa schnell und hievt sich auf die Beine.
»Okay, dann mir nach, Geburtstagskind. Suchst du uns Musik aus, Magnus?«
Anne zeigt auf den beigen Spind, in dem sich Anlage und CDs befinden.
»Aber gerne doch, die Damen«, sagt Magnus und deutet eine Verbeugung an.
Auf seinem Shirt steht *Fuck The System*.

Kaum um die Ecke, zischt Lisa: »Was will der hier?«
»Na dir gratulieren.«
»Ich hab ihn nicht eingeladen.«
»Stimmt, das war ich.«
»Ist aber nicht dein Geburtstag.«
»Bleib locker, mein Herz.«
Lisa kann sich nicht erinnern, jemals locker gewesen zu sein, und bläht die Backen.
Anne voran, steigen sie die Treppe hinab. Lisa betrachtet Annes Nacken, die vereinzelten, aufgestellten Härchen, und kurz drängt sich in ihre Bewunderung die Erkenntnis, dass auch Anne nur ein einfaches Mädchen ist. Blond, mit blauen Augen und selbst im Sommer fröstelnd.
Unten angekommen, zieht Anne an einer Schnur. Eine nackt von der Kellerdecke hängende Glühbirne glimmt auf. Eines der wenigen schäbigen Details im Hansen-Haus.
Anne nimmt zwei Weißweinflaschen aus dem Regal und füllt die Lücke mit identischen Flaschen aus Kartons vom Boden wieder auf. Lisa klaubt eine von drei Honigmelo-

nen aus einer großen Plastikbox und wiegt die Frucht in der Hand.
»Die können wir nicht essen«, sagt Anne, »Papa ist süchtig nach den Dingern. Es müssen immer mindestens drei Stück im Haus sein. Wenn morgen nicht Sonntag wäre, aber so ... ihm würde sofort auffallen, dass eine fehlt.«
Anne blendet, Lisa wird das klarer und klarer.
Echte Rebellen würden versuchen, mit Melonen Scheiben einzuschmeißen, und sich nicht so um ihre Papis sorgen.
»Und der fehlende Alkohol fällt ihm nicht auf?«
»Papa trinkt Rotwein und meine Mutter hat keine Peilung.«
Anne dreht sich zum Gehen.
»Kommst du?«
Lisa legt die Melone in die Box zurück und will nicht ohne Erklärung zurück nach oben.
»Du hast gesagt, Magnus ist unser Komplize. Wobei?«
»Erklär ich dir gleich. Ich muss jetzt in die Sonne. Ist dir nicht kalt? Mach das Licht aus, ja!«
Niemals, denkt Lisa und zieht irgendwann doch an der Schnur.

* * * * *

Oben nölen Tom Petty and the Heartbreakers.
»Ausgerechnet«, kommentiert Anne Magnus' Auswahl.
»Meine Mutter hat ein Fan-Shirt von dem Typen, das sie zum Schlafen überzieht. Sieht aus wie ein ausgemergelter Gaul mit Gitarre.«
»Also ich find's ganz lässig«, sagt Magnus und tippt mit dem Zeigefinger auf dem Geweih einer Antilope herum. »Hast du die auch live gesehen?«, fragt er.
»Oft ja, auf der Wiese hinter unserem Haus in Cape Town«, antwortet Anne und öffnet die Tür in den Garten.

Draußen fläzt Magnus sich in einen Liegestuhl. Anne nimmt den daneben, streckt alles von sich und schließt die Augen. Wie ein Opfer auf dem Altar, denkt Lisa und setzt sich auf einen Gartenstuhl unters Vordach. Im alten Unterhemd ihres Vaters und der abgeschnittenen Jogginghose hält sie es gerade so aus.
»Was bringt der Sommer?«, fragt Magnus.
»Keine Ahnung«, murmelt Lisa.
Es ist der Sommer nach der Schule. Bei Lisa und Anne steht eine knappe zwei vorm Komma, und Magnus hat bewiesen, dass man auch mit einer Nullnummer in Mathe durchrutschen kann.
In den vergangenen Wochen war Lisa viel bei ihrem Groß-

vater im Heim, meist spielten sie Karten. Wahrscheinlich wird sie das auch in den kommenden Wochen tun, denkt sie. Sein Zimmer ist gut klimatisiert. Und an den unerträglich heißen Tagen wird sie Heiner, der Kumpel ihres Vaters, ins Eisstadion lassen.

»Berlin«, gähnt Anne und räkelt sich. »Und du? Sozialstunden abbummeln? Sollst einen Lehrer geklatscht haben. Ist da was dran?«

»Ja.«

Idiot, denkt Lisa.

»Respekt«, sagt Anne und: »Erzähl mal!«

Magnus zögert nicht. Er raucht und berichtet: »Ich hatte eine Freundin auf dem Internat. Nadja. War blind verknallt. Ständig hat sie irgendwelche Liebesbeweise gewollt, und ich hab brav alles mitgemacht. In Physik hat sie mir erzählt, unser Lehrer hätte versucht, sie anzufassen, und ich müsse was machen, wenn ich sie wirklich liebe. Also bin ich vor zur Tafel und hab ihm eine reingehauen.«

Er macht eine längere Pause, drückt seine Zigarette zwischen die Terrassensteine und reibt sich mit den Handflächen übers Gesicht.

»Und dann?«, bohrt Anne nach.

»Dann musste ich zum Direktor und hab ihm erzählt, was Nadja mir erzählt hat. Sie hat es heulend abgestritten und behauptet, dass irgendwas mit mir nicht ganz in Ordnung sei und ich ihr Angst mache … Ich bin geflogen und hab Glück gehabt, dass der Lehrer mich nicht fertigmachen wollte.«

Er trinkt einen großen Schluck von seiner Rum Cola.

»Der Typ war also gar keine perverse Sau?«

Anne sitzt plötzlich kerzengerade da.
»Nein. Ein anderes Mädchen aus dem Internat hat mich ein paar Tage später angerufen und erzählt, sie hätte ein Gespräch zwischen Nadja und ihren Freundinnen auf der Toilette mitgehört … Ich war eine Wette. 300 Euro hat Nadja dafür bekommen.«
»Krass«, zischt Anne, »ich hätt sie gekillt.«
Magnus spuckt in die Blumen und sagt: »Ich glaube, irgendwann bekommt jeder das, was er verdient. Apropos, wollt ihr euch das Zeug mal anschauen?«
Er steht auf und geht.
»Was für Zeug?«, fragt Lisa.
»Überraschung«, antwortet Anne.
I'm learning to fly, but I ain't got wings, singt Tom Petty.

Der Kofferraumdeckel des schwarzen BMW öffnet sich.
»Voilà«, sagt Magnus, »alles wie bestellt.«
Anne zeigt Zähne, knufft anerkennend seine Brust und sagt: »Ich liebe es, wenn ein Plan funktioniert.«
Lisa ist ratlos. Sie könnte auch nicht sagen, was sie sich vorgestellt hat. Auf jeden Fall etwas Spektakuläreres als Gips, Messbecher, schwarze Farbe und Pinsel.
»Okay, und wozu soll das Zeug gut sein?«
»Wir streichen das Wohnzimmer schwarz an, brechen uns gegenseitig die Knochen und spielen Doktor.«
»Na dann viel Spaß. Mir wird das hier echt zu blöd. Ich geh nach Hause.«
»Hey, jetzt warte doch mal, Lisa. Der Spruch war kacke, geb ich zu, aber du musst mitmachen. Bitte!«
»Dann sag mir endlich, bei was.«

* * * * * *

Sie stehen auf dem Parkplatz vor dem Golfhotel von Magnus' Eltern. Morgen soll hier auf dem Rasen ein Benefiz-Turnier stattfinden.

Anne hat einen Zettel zu Hause hinterlassen, sie übernachte bei Lisa. Ihre Mutter soll sich keine Sorgen machen. In die rechte untere Ecke hat sie einen Pferdekopf mit Sprechblase gemalt: *Hab Dich lieb!*

Sie versteht es prächtig, falsche Hoffnungen in Menschen zu wecken, musste Lisa denken.

Auf ihrer Notiz steht dasselbe nur ohne Zeichnung. Sie hat den Zettel unter die Fußmatte geklemmt, ihre Mutter wird sich nach der langen Schicht im Krankenhaus beruhigt auf die Couch legen. Am Morgen war sie ziemlich in Eile, und als Lisa meinte, sie könnten abends auch Zeit zusammen verbringen, sagte ihre Mutter nur mit vollem Geburtstagstortenmund: »Natürlich feierst du mit Anne! Fernsehen mit mir kannst du immer, volljährig wirst du nur einmal.«

Das *immer* machte Lisa Angst.

Die drei waren dann zum Baden am Fluss. Abends hingen statt der Menschen massenhaft Mücken in den Uferwiesen. Anne und Magnus schwangen an einem Seil, das dort am dicksten Weidenast verknotet war, mitten hinein in die Strömung.

Lisa zog nichts aus und schlug mehr als ein Dutzend Mücken tot.
Nach dem Schwimmen wickelten Anne und Magnus sich zusammen in ein großes, weißes Badetuch. Lisa musste an eine Zwangsjacke denken und freute sich, dass die Mücken die beiden in den Hals stachen.
Hinterher lud Anne sie zu Milchshakes und Cheeseburgern ein und feierte ihren Plan. Sie forderte Lisa und Magnus zum Anstoßen auf. Ihre Becher klackten aneinander.
»Auf uns«, beschloss sie freudig.
Lisa und Magnus wiederholten es leiser.
Vor einer Viertelstunde schließlich haben sie den Gips angerührt. Auf einer Tankstellentoilette. Durch das künstliche Licht über dem Spiegel bekamen sie eine Ahnung vom Verfall.

»Na, dann lasst uns mal achtzehn echte Handicaps basteln.«
Anne zieht die Kapuze über und läuft los.
Magnus zwinkert Lisa zu.
»Hast du dir eigentlich überlegt, dass du gerade vielleicht wieder verarscht wirst?«, fragt sie.
»No risk, no fun«, sagt er und läuft hinterher.
Magnus hält die Stabtaschenlampe angewinkelt in der Rechten, genau wie die Einbrecher im Film.
»Wie spät ist es jetzt?«, fragt er.
»1:30 Uhr«, sagt Anne.
Magnus dreht seinen Generalschlüssel im Schloss und hält den Mädchen die Tür auf.
»Wir haben Zeit genug. Die Hotelbar hat vor einer halben

Stunde dicht gemacht, und der Nachtportier ist ein Schisser, den interessieren bloß Kreuzworträtsel. Das Frühstückspersonal kommt erst halb fünf.«

Sie gehen chronologisch vor, 1–18, die Aufgaben sind klar verteilt. Magnus schleppt und rührt, Anne schüttet die Löcher zu und Lisa pinselt schwarz darüber.
Während der Trockenphase an Loch 10 dreht Magnus einen Joint. Er kifft an und fragt: »In zehn Jahren, was macht ihr da? Wie sieht dann euer Leben aus?«
Anne nimmt ihm den Joint ab, inhaliert und pustet ihre Antwort aus: »Vielleicht bin ich schon tot. Die coolen Leute geben doch alle spätestens mit siebenundzwanzig den Löffel ab.«
»Komm schon, ernsthaft«, ermahnt Magnus sie.
»Jetzt nerv halt nicht. Ich hab keinen Plan. Was ist mit dir, Lisa? Hast du einen?«
Anne reicht ihr den Joint. Lisa denkt an ihre Mutter und ihren Großvater. Sie rechnet: Hundert minus neunzig sind zehn Jahre Einsamkeit.
»Ich hab auch keinen. Du anscheinend schon, hm?«
Wie verlegen streichelt Magnus den akkurat getrimmten Rasen.
»Ich wär dann gerne Schriftsteller.«
Anne lacht.
»Viel Glück«, sagt Lisa und meint es ehrlich.
Jetzt sind sie quitt.

Punkt 3 Uhr erreichen sie Loch 18. Anne umfasst den Flaggenstock, als hätte sie einen Krieg gewonnen oder einen Gipfel bestiegen. Das Tuch baumelt schlaff in der wind-

stillen Nacht. Lisa und Magnus hängen ebenso schlaff daneben.
»Finale«, sagt Anne.

Nach dem letzten Pinselstrich geben sie sich High Five. Lisa spürt Druck auf ihrer Blase. Sie greift sich die Lampe und läuft Richtung Rough, wo das Gras wuchern darf. Ziemlich lange muss sie in der Hocke bleiben, weil sie es seit Loch 11 zurückgehalten hat.
Als sie zu Loch 18 zurückkommt, sind Anne und Magnus verschwunden. Nervös lässt Lisa den Lichtkegel übers Grün schweifen, im Zickzack durch die Dunkelheit hüpfen. Bis er auf den Bunker trifft. Dort wälzt sich ein schwarzer Haufen im Sand. Anne und Magnus reagieren nicht auf das kurzzeitige Rampenlicht, merken nichts von der Fassungslosigkeit ihres Publikums.
Lisa zittert. Es ist ein neues Zittern, eines, das man nur einmal hat, mit dem Epizentrum links in der Brust. Langsam senkt sie den Kopf und die Taschenlampe. In der Schlaufe ihres linken Schuhs hängt eine tote Raupe.
Drehung.
Abgang.

* * * * * * *

Ein schlechtes Gewissen plagt Lisa nicht. Okay, sie hat die Lampe mitgenommen, aber der Platz ist im Grunde ja wie Magnus' Garten und die beiden haben jeder ein Feuerzeug. Außerdem haben sie jetzt sich. Und Angst hat Lisa auch keine, während sie auf dem Randstreifen der Bundesstraße steht und versucht, ein Auto anzuhalten. Das Fett ist ihr Schutzschild.

Es dauert eine Weile, bis zwei leuchtende Punkte auf Lisa zu und mit einem langgezogenen Hupton an ihr vorbeifliegen. Gleich darauf tauchen zwei neue Leuchtpunkte auf. Diesmal wird abgebremst.

Lisa klettert in die Kabine.

Sie fragt: »In die Stadt?«

Der Fahrer antwortet: »Eigentlich daran vorbei, aber es geht schon auch durch. Das heißt, falls du keine empfindliche Nase hast …« Und um sie auf die Ladung hinzuweisen, macht er den gleichen Fingerzeig, mit dem Lisa ihn angehalten hat. Sie dreht den Kopf in Richtung Kabinenwand, atmet ein:

Die tote Maus letztens hinterm Schrank.

Die Kläranlage.

Das Heim, in dem ihr Großvater langsam stirbt.

Leider hat sie keinen Mundschutz mehr. Beim nächsten Besuch im Heim wollte sie den Spender im Flur plündern,

den Vorrat für sich und Anne und die letzten Sommerferien aufstocken. Nach heute weiß sie, dass es Quatsch wäre.
»Macht mir nix aus.«
»Na dann, hinsetzen und anschnallen.«
»Echt nett von Ihnen.«
»Schon in Ordnung. Und sag Du, ja. Ich bin Dario.«
»Lisa. Was transportierst du denn?«
»Schlachtabfälle.«
Dario sieht ein bisschen zurückgeblieben aus, findet Lisa. Er trägt eine blaue Truckermütze und hat keine Stoppeln auf den rosigen Pausbacken. Auf Nachfrage erzählt sie ihm von einer mies gelaufenen Party im Grünen und dass ein paar Leute es übertrieben hätten und sie da einfach wegmusste. Sie erzählt ihm fast die Wahrheit. Er sagt mit heller Stimme, dass er nie ein Partylöwe war. Und auch wenn das hier kein Traumjob sei, sind Chef und Gehalt einfach nicht zu verachten.
»Man zahlt mir eine Gestankszulage. Nicht schlecht, oder?«
Lisa nickt.
Die Spedition, für die ihr Vater arbeitete, fuhr überwiegend Matratzen aus, und als er einmal mit ihr durch die Lagerhalle ging, behauptete er, dass er dem Sandmännchen zuarbeiten würde.
»Sag Bescheid, falls dir schlecht wird.«
Dario betätigt den Spritzwasserhebel.
»Ja, keine Sorge, ich find's wirklich nicht schlimm.«
Die Wischerblätter reiben stockend über die Frontscheibe, über Staub und Insekten.
»Ja, ja, man gewöhnt sich an alles«, sagt er, packt ein Twix aus und bietet Lisa den ersten Bissen an.

Ihr Blick haftet auf seinem lächelnden Profil. Vielleicht liegt es am Marihuana, aber im diffusen Kabinenlicht glaubt Lisa tatsächlich die Umrisse ihrer Mutter auf Darios Wange zu erkennen.
Mit einiger Verzögerung lehnt sie ab. Dario beißt selbst hinein und spricht mit vollem Mund: »Im Handschuhfach gibt's Snickers, falls du das lieber magst.«
Lisa öffnet die Klappe, nimmt sich einen Riegel und verstaut ihn in der Bauchtasche ihres Hoodies.
»Für schlechte Zeiten oder was?«, sagt Dario und schmatzt.

Sie lotst Dario in ihr Viertel und lässt ihn am Anfang der Straße halten.
»Meine Mutter soll lieber nicht mitkriegen, dass ich zu fremden Männern in den Lastwagen steige ... Danke für den Lift. Und für die Schokolade.«
»Gern geschehen.«
Im Radio fängt Tracy Chapman an zu singen.
Dario dreht es lauter.
»Ich liebe das! Die Stimme von dem Typen ist super.«

Lisa sieht dem Lkw hinterher. Sie hat nicht gesagt, dass Tracy eine Frau ist. Menschen wie Dario sollte man nicht verbessern wollen, sie sind schon gut genug.
Allmählich gleitet der Horizont in ein Zwielicht. Ihre Straße ist ganz friedlich in diesem Moment. Bei Tag findet Lisa sie einfach nur öde. Lange war sie nicht mehr um diese Uhrzeit draußen, zuletzt als sie mit ihren Eltern nach Teneriffa flog. Es gibt ein Foto aus diesem Urlaub, auf dem ihr Vater in einem Vogelpark mit einem Ara auf der Schulter in die Kamera lacht.

Bei den Hansens brennt noch das Küchenlicht und wenn man genauer hinhorcht, ist da auch Musik. Neugierig wechselt Lisa auf die andere Straßenseite und lugt durchs Fenster. Erschrocken duckt sie sich weg. Ihr Puls rast, als sie den Kopf erneut über die Fensterbank reckt. Da steht Annes Vater, ihr zugewandt und mit offenem Bademantel. Darunter ist er nackt. Seine Augen sind mit einem Tuch verbunden. Er führt das Samurai-Schwert auf Höhe seines Gesichts über der Anrichte hin und her. Sein Schambereich ist glattrasiert und der steife Penis schwingt im Takt des Schwertes mit. Vor ihm liegt eine Honigmelone. Etwas abseits sitzt Frau Hansen und dirigiert ihren Mann. Bis auf die Reitstiefel ist auch sie splitternackt. Die Klinge saust hinab und spaltet die Melone in zwei ungleich große Hälften. Frau Hansen jubelt. Herr Hansen legt das Schwert weg, dreht sich in ihre Richtung und geht langsam auf sie zu. Als es nur noch wenige Zentimeter zwischen seinem Penis und dem Mund seiner Frau sind, wendet Lisa sich ab.

Etwas später im Bett betrachtet sie die Bonbontüte über sich. Der Schock hat sich in Erleichterung verwandelt.
Alle gleich, denkt Lisa.
Und schläft ein.

* * * * * * * *

Es ist fast Mittag, als Lisa sich den Schlafsand aus den Augen reibt und einen Entschluss fasst. Dann greift sie das Papier neben ihrem Kopf. Die Handschrift ihrer Mutter ist die eines Mädchens:

Hallo Schatz, ich musste schon los. Wolltest Du nicht bei Anne schlafen? Wir sprechen heute Abend. Genieße Deinen zweiten Tag als Erwachsene!

Kuss, Mama.

Auf dem Papier ist Lisa erwachsen. Beim Blick in den Spiegel hat sie nur das Gefühl, sich wieder ein Stück mehr ausgedehnt zu haben.

Frisch geduscht sitzt sie auf dem Schaffell in ihrem Zimmer und starrt das Snickers an, das vor ihr auf dem Boden liegt.

Irgendwann klingelt es an der Haustür. Durch den Spion erkennt Lisa das müde Gesicht von Anne. Sie atmet tief ein und öffnet.

»Hi Lisa.«

»Hi.«

Anne trägt ein Blümchenkleid.

»Du warst auf einmal weg«, sagt sie und schiebt sich die Hände in die Taschen.

Und ihr habt auf einmal gefickt, denkt Lisa und sagt: »Ich war viel zu breit.«
Anne sieht sie nicht anders an als sonst, und trotzdem kommt es Lisa vor, als würde Anne sagen wollen, dass sie schon immer viel zu breit war und auch auf ewig breit bleiben wird.
»Ich glaube, ich hab mich verknallt«, sagt Anne.
Oft hat Lisa sich diese Szene vorgestellt. Anne erwidert ihre Gefühle, sie werden ein gleichwertiges Team: Das AL-Team.
»Magnus ist echt süß«, sagt Anne.
Lisa bereut, ihre Eltern nicht geknipst zu haben. Gerne würde sie Anne ein bisschen Dreck unters spitze Kinn reiben.
»Schön für dich«, antwortet Lisa und ballt die Hände zu Fäusten. »Und warum hast du das bescheuerte Kleid an?«
Anne räuspert sich: »Ach so, das ist Tarnung. Wegen heute Morgen ... Hat sich übrigens voll gelohnt. Du hättest ihre Gesichter sehen sollen, als die gerafft haben, was los ist. Magnus hat seinen Alten die totale Enttäuschung vorgespielt. Schließlich war er ja selbst für das Turnier angemeldet und hatte hart trainiert.«
Als Anne bei »hart trainiert« Gänsefüßchen in der Luft setzt, zerplatzt die Seifenblase in Lisas Kopf endgültig. Diese Geste kennt sie vom Pausenhof. Die Tussis schmeißen beim Lästern und Jungsgeschichten-Erzählen damit nur so um sich.
»Na ja, auf jeden Fall cool, dass du mitgemacht hast. Magnus und ich wollen später schwimmen gehen. Und du?«
Lisa hofft, dass der Fluss sie wegspült.

»Ich hab zu tun. Mein Opa wartet auf mich, und vorher muss ich die Wäsche machen.«
»Oh«, sagt Anne. »Aber dann bald, ja?«
Und schneller als Lisa »Stop« und »Nein« sagen kann, umarmt Anne sie und ist zurück auf ihrer Seite der Straße. Bevor sie im Haus verschwindet, winkt sie Lisa noch einmal zu. Lisa winkt nicht zurück und müht sich, den Vanilleduft aus der Nase zu kriegen und die Tränen drin zu behalten.

* * * * * * * * * *

Als die Sonne den Zenit erreicht, steht Lisa am Schutzzaun. Ihr Gesicht glüht und das Shirt klebt am Körper. In den Sommermonaten muss sie sich vorstellen, dass es noch schlimmer hätte kommen können, Miami oder Bangkok zum Beispiel, um nicht durchzudrehen. Schnaufend kramt sie das Snickers aus ihrem Beutel, die Schokolade ist geschmolzen und weicher als Knete.
Heute ist wie gestern, nur braucht sie für diesen Wurf keine Anne mehr. Wünsche haben genauso viel mit Disziplin wie mit Sehnsucht zu tun, beschließt sie und holt aus. Der Riegel platscht auf die Oberfläche.

Sie läuft über den Gang auf das Zimmer ihres Großvaters zu. Ein Angestellter versucht, mit Schwamm und Chemiereiniger einen riesigen Fleck von der Wand zu wischen. Die Frau im Rollstuhl aus dem Zimmer gegenüber spricht wieder mit einem Tetrapak neben sich auf dem Boden. Meist sind es Fruchtsäfte, heute ist es H-Milch. Sie schaut zu Lisa auf: »Grüß Gott, Frau Doktor. Sie sind aber dick geworden.«
Lisa errötet, und die Frau lächelt, als hätte sie ihr ein schönes Kompliment gemacht. Also lächelt Lisa einfach zurück. Zufrieden beugt die Frau sich wieder zur Milchtüte und fährt ihr mit dem Finger zärtlich über die Kante.

Lisa klopft und öffnet die Tür. Ihr Großvater sitzt am Fenster und rührt sich nicht.
»Hallo Opa«, sagt sie, als sie neben ihn tritt, und gibt ihm einen Kuss auf die Wange.
Jetzt dreht er den Kopf und hebt das Päckchen in seinem Schoß leicht an.
»Herzlichen Glückwunsch.«
Lisa nimmt es ihm aus den Händen und löst den Tesafilm.
»Dein Fernrohr, wow. Danke, Opa!«
Er deutet in die Bäume vor dem Fenster.
»Elstern. Machen einen Mordskrach. Früher hätten wir sie abgeknallt, wenn sie in unserem Garten genistet hätten. Heute gefallen sie mir.«
Lisa presst die Linse ans Auge. Eine der Elstern hat etwas Glänzendes im Schnabel.

Drei Mau-Mau-Spiele später liegt ihr Großvater erschöpft im Bett.
»Kann ich dich was fragen, Opa?«
Er nickt.
»Glaubst du wirklich an die Hölle?«
Er wendet den Blick ab.
»Ich habe Angst davor.«
»Weil du schlimme Dinge getan hast?«
Keine Reaktion.
Lisa drückt seine Hand.
Er sagt: »Kannst du bitte noch das Fenster auf Kipp stellen?«
Sie dreht den Hebel.
Die Elstern zanken laut um den begehrten Schatz.

* * * * * * * * * *

Lisa erreicht das Stadion. Heiner ist dabei, das Tickethäuschen anzustreichen. Wie immer arbeitet er am Wochenende und wie immer trägt er einen Gürtel, in dem alle Werkzeuge der Welt zu stecken scheinen.
Lisa pfeift die Fan-Hymne ihres Teams und Heiner pfeift sofort mit. Sein Kopf hat die Farbe und Form eines Basketballs. Schuld daran ist nicht die Hitze, sondern ein Leberschaden. Lisas Vater hatte ihr vor der ersten Begegnung mit ihm eingebläut, ihn bloß nicht drauf anzusprechen.
»Manche Menschen sehen gruselig aus, obwohl sie lieb sind, Lisa. Aber sie sind lieb, nur darauf kommt es an. Hast du verstanden?«
Erst als er nicht mehr da war, verstand sie es wirklich.

»Na Lisa, brauchst du frische Luft?«
Heiner stellt nie unangenehme Fragen, will nicht wissen, warum sie ins leere Stadion will, wenn alle anderen im Freibad liegen. Für ihn ist sie einfach die Tochter eines toten Hockey-Kumpels, der er gerne das Tor aufschließt.

Sie setzt sich in die erste Reihe der Westkurve, dort strahlt das Eis besonders. Aus ihrem Beutel zieht sie *Hundert Jahre Einsamkeit.* Verarbeiten heißt, sich direkt zu konfrontieren. Lisa weiß nicht mehr, ob sie oder der Therapeut sich diesen Stuss ausgedacht hat.

Gut fünfzig Seiten hat sie weggelesen, als Heiner ihr einen Becher zum Platz bringt.
»Cola?«, fragt er.
»Nein danke«, sagt Lisa.
»Okay. Ich mach dann Schluss für heute. Ist schließlich Sonntag. Bedeutet leider, dass für dich auch Schluss ist. Kannst gerne morgen wiederkommen.«
»Ich muss noch schnell aufs Klo.«
»Logisch«, sagt Heiner und trinkt von der Cola.

Der Weg zu den Toiletten führt an gläsernen Info-Kästen vorbei. Die Aushänge sind noch aus der letzten Saison. Lisa kennt sie auswendig. Da wird ein Kater vermisst, jemand bietet Schlittschuhe an in den Größen 38 und 45 und die *Kids on Ice-Disco* sucht einen neuen DJ. Außerdem wird *Der perfekte Ort, wenn dir Kälte und Einsamkeit nichts ausmachen* beworben, mit einem Bild, auf dem kurzbeinige Ponys vor einer Vulkanlandschaft grasen – Moment mal, diesen Aushang kennt sie nicht, er muss neu sein. Sie liest ihn noch einmal.
Neugierig geworden? Hier erfährst Du mehr: + 354…
Lisa schreibt die Telefonnummer ab.

»Gehst du nach Hause?«, fragt Heiner vor dem Stadion.
Ich gehe nach Norden, denkt Lisa.
Und nickt ihm zu.

2017

Zürich

Drei nackte Pfirsiche.

Nach sprudelndem Heißwasser und salzigem Heilwasser massieren stämmige Masseurinnen ihre weich gewordene Haut. Sie stöhnen durch die Löcher in ihren Kopfstützen und saugen Kiwisaft durch Strohhalme ein.

Dylan, Magnus und Samuel sind eingeladen zum 1. Max-Frisch-Geschichtenwettbewerb. Ihre Zimmer gehen auf den See hinaus. Samuel hat dort schon Fische springen sehen.

Am vorigen Abend hielt ein alter Mann die Eröffnungsrede. Samuel spielte *Apokalypse* auf seinem iPhone 7, Dylan und Magnus taten rotbäckig zuhörend. Samuels Vorteil ist seine Lockerheit, außerdem hat er das vollste Haar.

Dylan kommt aus einer Transkontinental-Familie. Seine Mutter ist Deutsche, sein Vater Australier. Seit ihrer Scheidung pendeln er und sein jüngerer Bruder Tim zwischen den Kontinenten. Magnus' Familie besitzt ein Golfhotel in Hessen. Samuels Eltern produzieren deutsche Blockbuster und haben lange um Bernd Eichinger getrauert.

Der Saft hat sich auf Zimmertemperatur erwärmt. Samuel kommt dieser Satz des alten Mannes vom Vorabend in den Sinn: »Haben Sie ruhig Angst!«

Die Masseurin erwischt einen Nerv, und der Schmerz sticht bis in seinen Arsch.
Er schreibt seit anderthalb Jahren und wird in naher Zukunft seinen ersten Roman veröffentlichen. Davor hat er zwei Filme gemacht. Seine erste Regiearbeit gewann einen Förderpreis in San Sebastian. Ein Dokumentarfilm über die Eltern, produziert von den Eltern, man sieht den nackten Busen seiner Mutter und seinen Vater, wie er nach einer Treibjagd einen Hirsch ausnimmt.
Authentizität ist ihm wichtig.
Der zweite Film hatte die erste Liebe zum Thema und wurde fast vollständig ignoriert.

»Awesome«, sagt Dylan und säbelt ein zweites Stück von seinem T-Bone-Steak. Samuel ist ziemlich hungrig, kaut das Fleisch deshalb nur kurz und schluckt es wie eine Schlange. Er bringt das Gespräch auf Kommata, spielt auf Magnus' Schwäche an. Magnus hat ein treu-naives Frettchengesicht, und wäre es möglich, Samuel würde seinen Kiefer aushaken und ihn verschlingen.
»Ich für mich denke ja, Zeichensetzung ist frei, intuitiv«, sagt Magnus, greift ungelenk nach seiner Bierflasche und nuckelt kurz daran. »Im Prinzip geht es doch um schöne Bilder«, ergänzt er, stößt unterdrückt auf und wischt sich Kräuterbutter aus den Mundwinkeln.
Bis in den Schlaf begleitet Samuel das Bild von Magnus' langsamer Zersetzung in seinem Verdauungstrakt. Auf seinen Lippen ruht ein zufriedenes Lächeln.

Das SMS-Bing weckt Samuel auf. Eine fremde Nummer schreibt: *Habe eine Idee und könnte Deine bzw. die Hil-*

fe Deiner Eltern gebrauchen. Ruf mich zurück, wenn Du kannst. Hannes.
Samuel ist ratlos. Er drückt auf *Löschen.*

Samuels Los fällt auf 11:15 Uhr, seine iWatch hat gerade 9:00 gemeldet. Dylan und Magnus sind erst morgen dran. Die drei entscheiden sich dafür, die Lesungen vor Samuel nicht anzuhören. Stattdessen suchen sie einen Kiosk, teilen wenig später Piccolos und Toblerone auf einem Steg.

Mit einem Mal bekommt Samuel es mit der Angst zu tun. Es ist keine Angst vor später, das heißt irgendwie schon, nur hat sie nichts mit dem Wettkampf, dem Scheinwerferlicht, zu tun. Sein Brustkorb schnürt zu, die Augen laufen über. Er will nicht, dass seine Freunde, seine Konkurrenten, was merken, die Lockerheit ist doch sein Vorteil.
Er schließt die Augen und treibt im Meer. Die Taucherbrille drückt an seinen Schläfen, er atmet durch den Schnorchel. In einiger Entfernung wabern die Konturen eines Weißen Hais, kommen näher und näher und dann …
… kotzt Samuel auf die Planken, die Schokodreiecke sind formlos und brauner als zuvor. Beim Gedanken ans Fernsehstudio droht sofortige Wiederholung und beim Gedanken an ein Krankenhaus sieht Samuel den Hai im Kittel, wie seine Zahnreihen die Infusionsschläuche durchbeißen, aber das sagt er Dylan und Magnus nicht, auch weil er mindestens noch einen Löffel Kotze im Mund hat.
»Fuck«, ruft Dylan und schimmert dabei seltsam kupfern in der Morgensonne. Er zückt sein Notizbuch, und Samuel reißt es ihm, ohne zu zögern, aus den Fingern, schleudert es ins Wasser. Ächzend fährt er sich mit dem Sakko-

ärmel über die Lippen, kehrt den Jungs den Rücken zu und fixiert das silbrige, unruhiger werdende Seebild. Doch kein Fisch macht sich die Mühe.

11:15 Uhr, Samuel beginnt zu lesen:

»Muränen sind die schrecklichsten Kreaturen«, sagte mein Vater, der Kapitän.

Jurydiskussion.

Kleine Wellen klatschen gegen Samuels Becken. Und plötzlich weiß er es wieder: *Jugend filmt.* Hannes van Sant, haben sie ihn genannt. Sein Lieblingsfilm war *Good Will Hunting.*

Er stößt sich ganz hinein und schwimmt, durch die aufgeweichten Seiten seines Manuskripts, in Richtung Mitte des Zürichsees. Das Wasser glänzt jetzt golden.
Da ist kein Grund mehr.

2018

Küste

Ein Abschied:

Die Jungs sitzen auf einem Heuberg und blinzeln ins Grün. Tim niest und schnäuzt sich. Niklas stellt sich Unmengen von Pollen vor, die aus der frisch gemähten Wiese in die Nase seines besten Freundes fliegen. Tim niest und schnäuzt sich erneut. »Als ob das scheiß Asthma nicht reichen würde«, japst er. Und pumpt.
Ein Feldhase rast Haken schlagend an ihnen vorbei.
»Flash«, murmelt Niklas.
Flash war der Name seines epileptischen Zwergkaninchens, und der Sprinter erinnert ihn daran. Damals legten er und Tim Flash nach dem letzten Zucken auf einen Ameisenhaufen und sprachen ein Gebet: »Vater Hase im Himmel ...«
Plötzlich hüpft Tim vom Heuberg und schwingt sich in den Handstand. Niklas macht es ihm nach. Immer macht Niklas es ihm nach. Bis er umkippt. Tim hält aus, steht auf Händen fast so sicher wie auf Füßen.
Niklas weiß, dass Tim es weiß. Er weiß, dass es gut ist, für eine Weile zu gehen, weil er Tim wiedersehen möchte, ohne das Gefühl zu haben, etwas aushalten zu müssen.

Im Nachbargarten sitzen die Leute ums Feuer und grillen Würste.

Max Flieger, dem das Haus gehört, hat vor Jahren seine Eltern verloren.
Michel kommt mit dem Skateboard angefahren und hält neben Niklas an.
»Die sind voll lost«, sagt er mit Blick auf die Nachbarn.
Sie sehen glücklich dabei aus, denkt Niklas.

Beim Abschiedsessen fragen seine Eltern, wie es ihnen geht, und Niklas antwortet: »Ich bin gespannt und müde.«
Sein Bruder sagt: »So medioker«, weil er gern Fremdwörter benutzt, meistens im falschen Zusammenhang, aber immer selbstsicher.
»Michel kann Dinge gut verkaufen«, sagt ihr Vater.
Niklas spürt, dass er sich das »Und was kannst du?« verkneifen muss.

Er starrt die Birke an, die sein Vater vor dem Fenster gepflanzt hat. Sie wird jetzt ohne ihn weiterwachsen und das Licht-Schatten-Verhältnis in seinem Zimmer verändern.
Durch die Mitte der Holzplanken im Zimmer zieht sich ein breiter Spalt. Nacheinander steckt Niklas jeden Finger hinein. Bis auf den Daumen passen alle.

Am nächsten Morgen auf dem Bahnsteig reißt sein Bruder Sprüche, sein Vater verschränkt die Arme, seine Mutter weint und Tim macht ihm Mut. Immer macht Tim ihm Mut.
Niklas steigt in den Zug, sieht noch kurz aus dem Fenster und betrachtet dann lange seinen Daumen.

Etwas Neues:

An der Küste ist Anfang Juli schon wieder Herbst. Niklas flucht, als die raue Luft ihm um die nackten Beine weht. Dass er friert, ist dabei weniger schlimm. Viel schlimmer ist, dass er sich bei seinen ersten Schritten hier vorkommt wie ein blöder Tourist.

Am anderen Gleisende wartet ein Mädchen in Gummistiefeln und Regenjacke auf ihn. Sie hält eine Pappe mit seinem Namen hoch. Er könnte hingehen und sagen: »Du willst nach Niklas? Überleg dir das gut. Ich komme gerade von dort und zuletzt sah es ziemlich düster aus.«

Tatsächlich sagt er: »Das bin dann wohl ich.«

»Ahoi«, lacht das Mädchen. »Kann ich was von deinen warmen Gedanken abhaben?«

Das Mädchen heißt Inga und riecht nach Fisch. Ein Küstenklischee jagt das nächste. Niklas fragt sich, ob er heute auch noch Sandsäcke gegen eine Sturmflut stapeln und sich in einen Marineoffizier verlieben wird. Eine absurde Verliebtheit wäre gar nicht so übel. Oder einfach mal eine, die möglich ist.

Auf dem Bahnhofsvorplatz hat die Polizei ein Teilgelände abgesperrt.

Inga erzählt: »Gestern hat jemand den Primark angezündet. Die machen ein Riesentheater deswegen. Anstatt froh zu sein, dass es mal die Richtigen trifft.«

Zwei Seehunde kleben auf den Türen des Transporters. Wäre es die Vogelinsel geworden, hätte es keinen Shuttle-Service gegeben. Bis zu seiner Bewerbung hat Niklas nicht gewusst, dass es in Deutschland noch Orte gibt, an denen keine Autos fahren dürfen. Da wurde ihm klar, dass er sich viel zu viel mit sich selbst beschäftigt. Letztlich sagte die Vogelinsel ihm ab und sein Drittwunsch, die Seehundstation, wurde erfüllt.

Keiner versteht so ganz, warum er auf einmal täglich mit bedrohten Arten, überhaupt mit Tieren, zu tun haben will. Endet das doch meistens tragisch. Flash war nur der Anfang. Da gab es den Truthahn auf dem Bauernhof, der ihn jagte und sich dabei im Zaun verfing und glucksend verendete. Oder Lio, den blinden Flieger-Hund von nebenan, der ihn so lange verbellte, bis er an Überanstrengung starb. Nicht zu vergessen das Gänseei, das seine Mutter und er versuchten auszubrüten, indem sie es in Watte packten und mit Rotlicht bestrahlten. Die Vorstellung, ein Lebewesen würde ihm auf Schritt und Tritt folgen – hat er doch das Gefühl, sonst derjenige zu sein, der allen nachläuft –, fand er sehr schön. Aber das Küken verfaulte, statt zu schlüpfen.
Seine Eltern und Tim fragen sich, wieso er nicht, wie die anderen auch, lieber gleich nach Berlin geht und mit dem Studium beginnt. Niklas hat ihnen nichts von seiner Angst erzählt, verloren zu gehen. Er hat gesagt: »Wenn wir alle nach Berlin gehen, wird es voll. Besser wird's nicht.«

Inga überfährt eine rote Ampel und biegt scharf in die Hauptstraße ein. Links rauschen Eis- und Fischstände an

ihnen vorbei, rechts auch. Eigentlich sind sie es, die rauschen, die vielmehr dröhnen, denn Inga bleibt konsequent im dritten Gang.
Die Promenade geht in einen Park über. Hinter einem der Eingangstore kann Niklas einen Kiosk sehen, auf dessen Vorplatz sinnlos aufgespannte Sonnenschirme flattern.
»Was ist das für ein Park?«, fragt er.
»Tagsüber ist da tote Hose«, sagt Inga und hupt einen Radfahrer an. »Vollidiot«, schreit sie aus dem Fenster und erklärt dann: »Nachts treffen sich da Männer, um sich auszutauschen, wenn du verstehst.«
»Ach echt?«, sagt Niklas leise und dreht den Kopf noch mehr zur Seite.

Sie erreichen die Station zur Fütterungszeit. Neben Fisch bekommen die Tiere heute Impfungen und Ergänzungsvitamine vom örtlichen Veterinär.
»Seit der Katastrophe müssen wir sie noch dringender stabilisieren, um den Bestand langfristig zu sichern«, erklärt Helen, die Stationsleiterin, nach einem kräftigen Händedruck.
Niklas kann sich gut an die Nachrichtenbilder erinnern, die Rauchschwaden über der Bohrinsel, den Ölfilm auf der Wasseroberfläche. Bei der Explosion kamen Menschen ums Leben. Bei den sich anschließenden Krawallen noch mehr.
Bibbernd steht er am Rand des Bassins und sieht zu. Neben dem Tierarzt zählt er fünf andere Helfer, vier davon sind weiblich. Der einzige Typ ist mindestens eins neunzig groß, hält ein Dreieck in die Luft und ruft: »Fiete!«

Aufs Kommando rutscht einer der Seehunde aus dem Wasser und bekommt einen Fisch dafür.
»Target-Training«, sagt Helen. »Konditionierung durch positive Verstärkung, schon mal gehört?«
Niklas nickt. Bei dem Trainer wäre er auch aus dem Wasser gehüpft.
»Jedes Tier hat sein eigenes Symbol. Wir haben fünf Seehunde, dazu kommen zwei Kegelrobben im vorderen Becken plus vierzehn Heuler in einem für Besucher unzugänglichen Aufzuchtbereich«, erklärt sie weiter.
Niklas nickt stetig und guckt möglichst interessiert, obwohl er das alles schon aus dem Internet weiß.
Gegen den Touristen kann er nichts mehr unternehmen, aber den Klugscheißer will er unbedingt unter Kontrolle halten.
»Nächste Woche machst du dann mit«, sagt Helen und pustet lange in ihre Trillerpfeife.

Bis auf Niklas studieren sie alle Bio. Ole, der hübsche Riese, promoviert bereits. Als er anfängt, von seiner Freundin zu erzählen, merkt Niklas, wie müde er ist, und gähnt in seine Teetasse.
»Der Neue muss in die Koje«, sagt Inga.

Er hat ein Zimmer für sich allein und kann trotzdem nicht schlafen. Er stellt sich ans Fenster und starrt in die Finsternis. Monster traben über den Deich. Monster, die muhen. Jetzt tut es ihm leid, dass er Tim die Sache mit Frau Nowak miesgemacht hat. Tim ist doch sein Jackpot, ohne ihn hätte er sich anders oder gar nicht entwickelt, vielleicht sogar rückentwickelt.

Aufprall:

Acht Wochen später hält Niklas ein Quadrat in die Luft und ruft nach Mille. Er hat das Target und das siebenjährige Seehundweibchen von Nora übernommen. Gestern haben sie Nora mit einer kleinen Party verabschiedet, und sie hat ihnen ein Kopfschmerzandenken dagelassen.
Wohl fühlt er sich nicht. Aber nach dem Biss und der Tetanusspritze sagten alle, dass er die Angst nicht zulassen darf, wenn er bleiben will.
Niklas ist ein instabiles Päckchen, Ängste sind seine Marken. Die vor Krankheit und dem Alleinsein haften besonders hartnäckig an ihm.
»Schnelle, erneute Konfrontation. So verarbeitest du die Sache am besten«, versuchten Ole und die anderen ihn zu überzeugen. Skeptisch wirft er Mille fürs Flossegeben einen Hering ins Maul.

»Sie sieht trächtig aus«, sagt Niklas.
»Sie ist unfruchtbar. Aber ja, der Tumor dürfte mittlerweile Embryogröße haben.«
Vor ihnen liegt Toto, die stationsälteste Kegelrobbe. Helen streichelt über den aufgeblähten Körper.
»Stirbt sie?«, fragt Niklas.
»Ja«, antwortet Helen.

Niklas darf heute zum ersten Mal hier helfen. Ole besucht seine Freundin, und Helen braucht ihn als Ersatz, um die Robbe zu wiegen.
Toto brüllt, als sie bewegt werden soll.
Das Sterben geht weiter, es hört niemals auf. Schlagartig wird Niklas das bewusst.
Tim würde ein Foto machen, wenn es so weit wäre.
Heute früh war ihm schlecht von Noras Abschied und der Angst, gebissen zu werden. Jetzt sind da Schwindel und das mulmige Gefühl, ein Katalysator zu sein.
»Alles klar?«, hört er Helen noch sagen.
Dann wird es schwarz.

Er wacht auf. Für den Moment glaubt er, dass Toto auf seiner Stirn liegt, so schwer fühlt sich der feuchte Lappen an.
»Robust bist du ja nicht«, sagt Helen.
Das Wort robust passt perfekt zu ihr, findet Niklas.
Es erinnert ihn an Roboter.
»Mit dem Sterben hab ich meine Probleme«, sagt er.

Obwohl er Helen versichert hat, dass er sich gut fühlt, hat sie ihm für den Nachmittag frei gegeben.
»Vielleicht schnappst du dir ein Fahrrad und fährst in die Stadt«, schlug sie vor.
Also füllt er Luft in eines der Hollandräder und strampelt über den Parkplatz auf den Deich. Bei starkem Gegenwind fängt es auch noch an zu regnen. Die Schafe am Wegrand sehen aus wie vollgesaugte Tampons mit Augen und Mäulern.

»Ein Matjesbrötchen, bitte.«
»Fünf Euro«, sagt der Kioskbetreiber.
»Fünf? Hier steht aber drei fünfzig.«
»Alte Preise«, sagt der Kioskbetreiber.
»Sollten Sie dann vielleicht mal neu beschreiben, Ihre Tafel.«
»Willste das Brötchen, ja oder nein?«

Resigniert beißt Niklas zu. Der Fisch schmeckt sauer, die Zwiebeln muffig. Er fragt sich, ob die Sonne schon untergeht. Das konstant trübe Tageslicht lässt kaum Rückschlüsse darauf zu.
Der Kioskbetreiber verlässt sein Fenster und setzt sich unter einen Schirm. Er knipst den Flatscreen an, der rechts neben der Luke hängt. In den 20-Uhr-Nachrichten gibt US-Präsident George Clooney gerade ein Statement zur aktuellen Lage im Kampf gegen den Terror ab.
Der Kioskbetreiber sagt: »Die Welt fährt zur Hölle.«

Niklas schließt das Fahrrad auf. Etwas hat sich verändert.
Er guckt in die Luft: kein Regen, ein kleines Wunder.
Mit hoher Frequenz zerkaut er ein gletscherblaues Erfrischungsbonbon. Seit Inga ihn damals abgeholt hat, hat er oft daran gedacht hierherzukommen. Aber wenn er in der Stadt war, dann in der Gruppe und für Kino oder Disco oder Bowling, was seiner Idee immer einen Strich durch die Rechnung machte.

Die Nacht, bevor du aufbrichst, muss schlaflos sein, sagte ich zu mir selbst. Wenn du schlafen könntest, dann hättest du keine Angst. Und wer keine Angst hat, der verpasst et-

was, weil er nicht weiß, wie gut es sich anfühlt, seine Angst zu überwinden.
Entschlossen wartete ich darauf, dass die Sonne aufging.
Niklas kann die Sätze auswendig, er schleppt Samuels Buch schon eine ganze Weile mit sich rum. Es macht ihn traurig, und irgendwie motiviert es ihn auch. Traurigkeit als Motivation, ein Jammer, dass er das nicht kreativ für sich nutzen kann. Aber er ist nun mal kein Tim.
Jedenfalls ist er froh, das Buch dabeizuhaben, so kann er es sich vors Gesicht halten, während er wartet.

Mit fortschreitender Dämmerung kommt Bewegung in die Parkanlage, verwischen die Buchstaben vor seinen Augen. Die Laterne über ihm leuchtet sehr diskret, sie scheint auf die Cruiser eingestellt zu sein.
Er packt das Buch in die Tasche und überlegt, Tim anzurufen. Sie haben lange nicht gesprochen. In ein paar Tagen wird Tim seine Fotos ausstellen und er kann nicht dabei sein.
Doch wenn er ehrlich ist, kommt die Tatsache, dass die Auswilderung genau auf den Tag der Ausstellung fällt, ihm sogar gelegen. Er ist kein guter Lügner. Und wenn der andere weiß, warum man lügt, fühlt es sich doppelt scheiße an. Vielleicht sollte er einfach so tun, als würde er telefonieren, um nicht angesprochen zu werden.
Schwachsinn, deshalb ist er doch hier.
Niklas wippt mit den Knien und probiert jeden Finger in der Lücke der Bank. Bis auf den Kleinen passt keiner.
Gerade als er sein Vorhaben abbrechen will, spürt er eine Hand auf der Schulter und jemand sagt: »Aktiv oder passiv?«

Er dreht sich um und sieht in ein Bärengesicht.
»Und?«
»Ich heiße Niklas«, stottert er.
»Ist doch egal«, brummt der Bär und reibt ihm über den Nacken.
Niklas windet sich raus: »Ich muss gehen.«
»Schade, kleiner Matrose. Na ja, nächstes Mal.«
Der Bär lächelt verständnisvoll und schlägt sich in die Büsche.

Langsam rollt Niklas über die Parkwege. Einer pfeift ihm hinterher, ein anderer schnalzt mit der Zunge, mindestens so laut, wie er selbst es kann. Der hat also auch einen überdurchschnittlich hohen Gaumen. An einem anderen Ort, in einer anderen Situation, würde er versuchen, sein Alleinstellungsmerkmal zu verteidigen und noch lauter zu schnalzen. Hier beschleunigt er den Tritt.

Der Dynamo rattert erst und macht dann schlapp. Das Vorderrad rollt über etwas Weiches, über etwas, das nachgibt. Erschrocken blickt er sich um und sieht deshalb den Jungen vor sich nicht. Sekunden später liegt er flach, unter ihm der Junge, der wie Samuel riecht.

Bedröhnt und tropfend joggte Niklas den Grashügel hinauf zum Ferienhaus der Coopers. Die anderen waren noch am Strand geblieben.
Er hatte sich angestrengt, selbstsicher zu wirken, als er die Löffelspitze wegzog. Drogen machten ihm Angst, aber der Einzige zu sein, der sich nicht traute, machte ihm noch größere Angst.

Nie zuvor war seine Laufbewegung ihm flüssiger vorgekommen, wie überhaupt alles dahinfloss an jenen Pazifiktagen.
Im Haus angekommen hörte er die Dusche laufen und ging aufs Badezimmer zu. Niklas hatte nicht mitbekommen, dass sich jemand vor ihm auf den Heimweg gemacht hatte. Die Tür stand halb offen, und er erkannte Samuel in der beschlagenen Kabine. Aus Samuel wurde niemand schlau, nicht einmal Tims Bruder Dylan, der ihn mitgenommen hatte, schien ihn richtig zu kennen. Tim hielt Samuel für bösartig und Niklas fragte sich, ob es das war, was ihn anzog.
»Willst du mit rein?«
Sehr verzögert bekam Niklas mit, dass Samuel das Wasser abgestellt und die Kabinentür geöffnet hatte.
Der Fluss war ins Stocken geraten, das Bewusstsein ein Biber, der seine Dämme verstärkte. Überall an Samuels Körper hingen Schauminseln, die leise knisterten.
»Na komm«, sagte er. »Deinen Kumpel Tim kannst du eh vergessen.«
Niklas ging zu ihm hin. Samuel roch nach Limette und drückte ihn gegen die Kabinenwand, um besser in die Hocke gehen zu können.
Keiner weiß davon. Nicht mal er selbst wäre sicher, dass es tatsächlich passiert ist, hätte es sich nicht nüchtern wiederholt. Ohne Kokain kam Niklas sehr viel schneller.
Zurück in Deutschland sahen sie sich nicht wieder. Als Niklas von Samuels Tod erfuhr, ging er in den Wald und schlug Äste gegen Baumstämme. Er bekam eine SMS von Tim, der schrieb: *Definitiv kein Vampir.*

»Bist du blöd?!«, flucht der Junge und übt Druck auf Niklas' Rippen aus. Niklas versucht aufzustehen, aber seine Beine sind zu schlaff.
»Gehst du jetzt bitte runter von mir!?«
»Tut mir leid … Ich kann nicht.«
Der Junge stöhnt, fasst Niklas bei den Schultern und drückt sich nach hinten weg. Stehend klopft er sich den Schmutz ab und zieht sein Telefon aus der Tasche. Er wählt die Leuchtfunktion und reicht Niklas die Hand.

Wieder aufrecht gibt Niklas sich Mühe, nicht zu zittern, und versucht mit beiden Händen das Blut zurück in die Beine zu klopfen. Der Junge leuchtet ihm direkt ins Gesicht.
»Also was ist los. Bist du dicht?«
Niklas hält eine Hand vor die Augen und antwortet: »Nein, ich bin weggerutscht, da war irgendwas Weiches auf dem Weg.«
Er deutet auf den dunklen Park hinter sich. Ohne Zögern läuft der Junge los und findet nach wenigen Schritten tatsächlich den Grund.
»Ein totes Eichhörnchen, sieht übel aus. Wahrscheinlich ein Raubvogel. Der Kopf ist völlig zerlöchert. Und dann fährst du auch noch mitten drüber. Worst-Case-Szenario, würde ich sagen.«
Er kommt zurück und Niklas fragt: »Bist du verletzt?«
Der Junge leuchtet an sich runter und wieder hoch in sein eigenes Gesicht. Seine Unterlippe ist deutlich größer als die Oberlippe.
»Außen scheint alles okay zu sein. Aber wer weiß, vielleicht hab ich ja innere Blutungen. Was ist mit dir?«

»Ich bin okay«, sagt Niklas.
»Na dann«, entgegnet der Junge und wendet sich zum Gehen.
»Warte mal«, ruft Niklas. »Kann ich dich auf ein Bier einladen?«
Der Junge macht kehrt und antwortet: »Hattest du nicht eigentlich was anderes vor?«
»Und du?«

Fünf Minuten später befinden sie sich auf einem der Hauptwege, wo die Laternen heller scheinen. Das Fahrrad eiert und läuft als Grenze zwischen ihnen mit. Aus den Augenwinkeln checkt Niklas den Jungen ab. Er bemerkt, der andere tut dasselbe.
»Wie alt bist du?«, fragt der Junge.
»Achtzehneinhalb.«
»Siehst noch jünger aus.«
»Wie alt bist du denn?«
»Zweiundzwanzig. Die zweite Schnapszahl meines Lebens. Macht nur mittel Spaß, wenn man keinen Schnaps verträgt … gehst du regelmäßig an solche Orte?«
Niklas schüttelt den Kopf: »Das erste Mal. Was ist mit dir?«
»Manchmal fuckt mich diese gezielte Internetscheiße einfach ab: Vorlieben auswählen, Profil anklicken und für die Sache verabreden. Analog finde ich spannender. Kann aber auch dumm laufen.«
»Inwiefern?«
»Es gibt Typen, die nicht zum Ficken kommen«, fährt der Junge fort. »Ich kenne ein paar, die abgezogen wurden. Normalerweise wollen sie nur deine Kohle, aber wenn du Pech hast, kriegst du doch was ab. Vor ein paar Monaten

hat ein verkappter AfD-Wichser aus dem Landtag hier ein Butterfly in die Milz bekommen und ist immer noch dabei, sich rauszulügen. So ein trauriger Depp hat es natürlich auch nicht anders verdient.«
Niklas versucht sich zu erinnern, an welchem Punkt im Körper die Milz sitzt.
»Deswegen hab ich selbst immer ein Messer dabei«, sagt der Junge und tätschelt seine rechte Gesäßtasche.
»Ich heiße übrigens Lennart.«
»Niklas.«

»Seehunde mag ich«, sagt Lennart. »Als Kind hab ich mal einen gefunden. Er war in eine Schiffsschraube gekommen und lag blutend am Strand. Die von der Station haben ihn tatsächlich wieder hingekriegt.«
Bevor Lennart wissen wollte, was Niklas an der Küste macht, hat er erzählt, dass er in Berlin gewohnt hat.
Als Niklas ihn fragte, warum er nicht dort geblieben ist, war seine Antwort: »Hab mich verloren gefühlt.«

Der Mann vom Kiosk ist dabei, die Sonnenschirme einzuklappen.
»Bekommen wir noch ein Bier?«, fragt Lennart.
»Feierabend«, bläfft der Mann.
»Wir würden es mitnehmen.«
»Feierabend!«
»In Ihrem Fall wohl nur Abend«, sagt Lennart.
»Wie?«
»Sie haben mich schon verstanden.«
»Haut ab oder …«
»Oder?«

Lennart versucht, sich groß zu machen.
»Komm schon«, sagt Niklas.
»Scheiß Schwuchteln«, sagt der Mann.
»Komm«, wiederholt Niklas.
»Besser, du hörst auf deine kleine Freundin«, sagt der Mann.
Lennart schaut ihm tief ins Gesicht.
»Irgendwann«, murmelt er.

Sie stehen am Zebrastreifen. In den Pfützen spiegeln sich die geschlossenen Fisch- und Eisbuden. Kurorte sind Vergnügungsparks für Halbtote, denkt Niklas, darum bleiben sie auch nur den halben Tag geöffnet. Spaß haben kann man im Industriegebiet mit Kino oder Disco oder Bowling. Oder nicht.
»Und jetzt?«, fragt er.
Lennart guckt über die Schulter zur Parkmauer und kneift die Lider zusammen. Niklas kennt diesen Blick. Tim sollte er immer boxen, wenn er ihn aufsetzte.
Lennart zieht eine Plastiktüte aus der Jeansjacke und geht auf eine der Laternen vor der Mauer zu. Er sagt: »Jetzt holen wir uns Bier. Aber wir bezahlen nicht, wir tauschen.«
Niklas folgt ihm. Der Autofahrer, der vor dem Zebrastreifen umsonst für sie gebremst hat, lässt die Reifen durchdrehen und rast weiter.
Lennart bückt sich zum Fuß des Laternenpfahls und hebt mit der umgestülpten Plastiktüte eine Handvoll Hundescheiße auf. Die ist ziemlich frisch und das Braun durchzogen von grünen und roten Fäden. Gras, denkt Niklas, und ein bisschen Blut.

Der Kiosk liegt komplett im Dunkeln. Niklas holt sein Telefon raus, diesmal übernimmt er das Leuchten. Lennart legt die Plastiktüte neben der Tür ab. Dann zieht er ein Messer aus der Tasche, klickt die Klinge aus dem Griff und beginnt am Schloss herumzudoktern.
Nervös schaut Niklas sich um.
»Was, wenn der eine Alarmanlage hat?«
»Es gibt hier keine Alarmanlage. Das Arschloch ist ein geiziges Arschloch.«
»Trotzdem, ich weiß nicht …«
»Hör zu, Niklas. Der Typ hasst Menschen wie dich und mich. Für den sind wir ein Haufen Scheiße. Wird höchste Zeit, dass der Haufen Scheiße ihm einen Haufen Scheiße ins Haus bringt. Okay?«
Niklas nickt.

»Prost!«
Lennart drückt seine Bierflasche gegen die von Niklas und tippelt mit den Füßen einen schnellen Takt auf die zweitoberste Stufe der Kirchentreppe. Während ihrer Flucht saß er auf dem Gepäckträger, rauchte ohne Hände und lachte. Genau zwei Bier hat er aus dem Kühlschrank mitgehen lassen, Flatscreen und Kasse nicht angerührt. Wichtig war ihm, die Hundescheiße sorgfältig auf den Innenseiten der Abzugshaube zu verteilen.
Auf den Mülleimer hat jemand *Fuck The System* gesprayt.
Plötzlich wirkt Lennart nachdenklich.
»Was ist los?«, fragt Niklas.
»Die Aktion war ziemlich pubertär, oder?«
»Schon«, sagt Niklas. »Aber die meisten werden alt und haben überhaupt nie was gemacht.«

Über ihnen läuten die Glocken die letzte Viertelstunde des Tages ein.

Um Mitternacht stehen sie vor einer Villa. Niklas blickt an dem imposanten Gebäude empor.
»Ich wohne momentan wieder bei meinen Eltern«, sagt Lennart. »Bis ich weiß, wie's weitergehen soll ... willst du trotzdem bei mir übernachten?«
»Bald.«

Auf dem Nachhauseweg kommt Niklas am Bahnhof vorbei. Vor der Lücke, die der abgebrannte Primark hinterlassen hat, hält er kurz an. Er muss lächeln. Könnte doch tatsächlich sein, dass er mal den Richtigen getroffen hat.

Noch ein Abschied:

Niklas rennt zurück zur Fütterung. Jetzt ist es raus und er ist froh darüber. Es fühlte sich verdammt weit weg an, als Tim und er telefonierten. Verdammt weit weg, aber nicht mehr unerreichbar. Heute Abend wird er Lennart wiedersehen.

Salzwasser schwappt gegen die Mole, bis an ihre nackten Füße.
Lennart sagt: »Nach der Explosion war hier alles schwarz. Erst danach hab ich mitgekriegt, was mein Vater wirklich macht. Davor hat es mich einfach nicht interessiert.«
»Was macht er?«
»Er lügt für Geld.«
Lennart lässt Sand ins Wasser rieseln und sieht der Fähre hinterher.
»Mein Vater kann auch ein Arschloch sein«, sagt Niklas.
»Drogenboss?«, fragt Lennart.
Niklas schüttelt den Kopf.
»Menschenhändler?«
»Frührentner.«
»Was Ernstes?«
»Herzfehler.«

»Ich bleib hier bei dir«, hat Lennart beschlossen, als Niklas sagte, dass er wegen der Auswilderung am nächsten Tag nicht mit zu seinen Freunden kommen könne.
Jetzt schläft Lennart friedlich neben ihm und er selbst liegt wach. Die letzten Nächte hat er kaum geschlafen. Ständig musste er an Toto denken und schlich dann zu ihr ans Isolationsbecken. Leise steht er auf und zieht sich wieder an.

Obwohl sie nicht anders daliegt als sonst, weiß Niklas sofort, dass Toto gestorben ist. Langsam nähert er sich der Robbe, geht in die Knie und streichelt den toten Körper. Irgendwann spürt er eine Hand auf der Schulter.
»Ist sie tot?«
Niklas nickt.
»Manchmal kann man einfach nichts mehr tun«, sagt Lennart und setzt sich daneben.
Niklas legt seine Finger zwischen die von Lennart.
Alle passen.

Suburbs

Ich gebe Gas. Max Flieger sitzt mir im Rücken. Ein ängstliches Kind von sechsunddreißig Jahren, das nach Benzin stinkt und vergisst, sich mit mir in die Kurven zu legen.

»Danke«, sagt er, als wir vor der Anmeldung stehen.
»Schon okay«, antworte ich.
Zwei Pfleger nehmen ihn mit.
Ich bin wütend, weil Dylan und die anderen sagen werden, sie hätten es von Anfang an gewusst.

Fünf Tage früher:

Ich suche die Waldstraßen ab, frühmorgens ist dafür die beste Zeit. Max Flieger hat mich drauf gebracht. Mein Bruder Dylan nennt ihn »Lost Boy«, dabei sucht er doch selbst seit Jahren. In Wahrheit ist Dylan wohl ziemlich froh über Typen wie Max, die ihn von sich selbst ablenken.

Wieder finde ich nur Frösche. Von denen habe ich schon eine ganze Doppelserie Fotos. Ich brauche etwas Selteneres.
Einige Froschkadaver sind ganz frisch, manchen fehlt ein Schenkel oder der Kopf. Andere sind in einem Stück gestorben und so platt und sonnentrocken, dass sie aussehen wie Bügelbilder. Versucht man sie aufzulesen, zerbröseln sie zwischen den Fingern.
Ich muss an Katjas Hände auf meinem Bauch denken, wie ich zusammenzucke. Katja könnte meine Mom sein, meint Niklas und sagt, ich soll damit aufhören. Ich weiß, dass er eifersüchtig ist, ohne es sein zu wollen. Vielleicht ist er deshalb sofort nach der Zeugnisvergabe an die Küste abgehauen. Wäre ich nicht sicher gewesen, ihn damit zu verletzen, ich hätte ihn zum Abschied geküsst. So habe ich ihn vor acht Wochen bloß umarmt und ihm gesagt, dass er der Mutigere von uns beiden ist. Er fehlt mir.

Am Abzweig nach Königsburg liegt der Rest einer Eule auf dem Asphalt. Nicht direkt selten, aber immerhin. Noch fünf Tage bis zu meiner Ausstellung. Übermorgen will Katja mir helfen, eine fixe Auswahl der Bilder zu treffen, und ich werde die ganze Zeit andere Dinge mit ihr tun wollen.

Vier Tage früher:

Ich gehe mit Dylan ins Kino. Es läuft *Mad Max: Last Chapter.*

Dylan ist den Sommer über bei Mom und mir. Im Oktober geht er zurück zu Andrew nach Melbourne, um seinen Master in Angewandter Literatur abzuschließen. Für zwei Austauschsemester war er an einer Schweizer Literaturakademie. Bei einem Wettbewerb warf man ihm Ziellosigkeit und Sexismus vor und gab ihm keinen Preis. Er heulte, als wir später mit ihm skypten. Auch weil sein Kommilitone Samuel den Wettbewerb nicht überlebt hat. Dessen Roman ist ein Dauer-Seller. Dylan hat ihn mir kürzlich geliehen. Als ich ihn auf sein eigenes Buchprojekt ansprach, sagte er bloß: »Stop bothering me.«

Hinter der Kasse steht Max Flieger und füllt Popcorn in XXL-Eimer für XXL-Pärchen. Vor sechs Jahren habe ich ihn das erste Mal getroffen. Das heißt, eigentlich hat er mich getroffen, mit einem Tannenzapfen direkt auf die Nase.

Niklas, die Waldorf-Twins Finn und Elias und ich spielten Indianerüberfall aufs Yankee-Fort. Jeden Nachmittag suchten wir uns ein neues aus und jeden Nachmittag ergab sich die Kavallerie widerstandslos und rückte Kekse

und andere Friedensangebote raus. Nicht so die Truppe um Max, die wollte tatsächlich mitspielen.
Einer von Max' Freunden sagte nach dem Treffer: »Oh Mann, Flieger, du kannst es einfach nicht lassen. Das sind Achtjährige, keine Marines.«
Worauf Finn und Elias motzten: »Wir sind zehn, ihr Wichser.«
Niklas und ich waren eigentlich schon zwölf, aber ich musste viel zu sehr heulen und Niklas war viel zu schüchtern, um das richtigzustellen.
Als Max mich ins Krankenhaus fuhr, saß ich auf dem Schoß seiner Freundin und bekam, trotz Blut und Schmerzen, eine Latte.
Meine Eltern hätten ihn vielleicht angezeigt, hätten sie nach ihrer Scheidung nicht gerade den Kanal voll gehabt mit Anwälten.
»Big boys don't cry«, versuchte Andrew mich am Telefon zu trösten, erzählte mir was von Narben und tapferen Indianern. Was weißt du schon, dachte ich.

Damals war ich ganz neu hier im Schwarzwald, der Heimat meiner Mom. Wegen ihrer Mom hatte sie sich dazu entschlossen zurückzukehren. Grandma war damals todkrank. Als wir sie kürzlich auf dem Friedhof besuchten, sagte Mom: »Es war das Mindeste. Schließlich hat sie mich auch nicht ins Heim gesteckt, als ich unerträglich wurde. Hoffentlich kommt ihr in diesem Punkt nach mir.«

Dylan blieb bei Andrew. Wir tauschten die Kontinente, die Elternteile regelmäßig in den Ferien. Und zweimal im Jahr haben sie uns beide zusammen am Hals. Mittlerweile bin ich froh, zur Hälfte hier aufgewachsen zu sein. Es hat die Lust auf mehr in mir geweckt, mich kreativ gemacht, sagt Katja.

»Die Coopers«, schnauft Max und lächelt gequält, als wir an der Reihe sind. Seine Augen sind gerötet, die Haare fettig und in Strähnen. Er hat ziemlich abgebaut, seit seine Freunde ihn verlassen haben. Die letzten sind ziemlich bald nach Niklas abgehauen. Vielleicht hat er sie zur Flucht animiert. Jetzt hängt Max ganz allein im Haus seiner toten Eltern in Königsburg, dem Nachbarkaff. Niklas Familie wohnt nur eine Wurfweite von ihm entfernt. Schon deshalb waren wir öfter da, wenn sie gegrillt haben oder zu Filmabenden. Es gab wohl eine Zeit, da hat Max überlegt, selbst Filme zu machen. Jedenfalls meinte seine Freundin Maria das irgendwann, als alle high waren.
Nachdem er mir die Nase zertrümmert hatte, fühlte Max sich verantwortlich. Und ich hab das auch ausgenutzt. Zum Beispiel wenn wir nachts nicht wussten, wie wir nach Hause kommen sollten. Ich rief ihn an und er kam ohne Widerrede sofort angedüst. Vorigen Winter das letzte Mal. Ich ließ ihn in einem Waldstück halten, weil ich etwas entdeckt hatte. Am Straßenrand lag ein toter Eber. Seine Hauer waren gebrochen und das Blut, das aus der aufgerissenen Schnauze in den Schnee gesickert war, sah aus wie eine dunkelrote Sprechblase.

Dylan will die Karten bezahlen, aber Max schiebt den Schein zurück.
»Ist gut«, sagt er. »Kauft mir lieber gleich ein Eis ab, wenn ich nach der Vorschau den Kasper geben muss.«

Als wir außer Hörweite sind, sagt Dylan: »Fuck, der Lost Boy sieht aus wie Brei.«

»Wie geht's Andrew?«, frage ich und lehne mich im Sitz zurück.
»Du meinst Dad«, entgegnet Dylan.
Ich nenne unseren Dad seit der Scheidung beim Vornamen. Er ging fremd, er ist schuld. Er ist Andrew, nicht Dad.
»Der ist nur noch im Büro. Letztens haben wir mal Squash gespielt. Nach jedem Ballwechsel hat sein iPhone geklingelt, und danach war er komplett down. Shit, er wird alt.«
»Du auch«, sage ich grinsend und tippe ihm mit dem Zeigefinger auf eine Geheimratsecke.
Er schlägt meine Hand weg.
»Fuck you, Timmy!«

Wir kaufen Max zwei Eis ab und sehen dann Tom Hardy durch eine apokalyptische Wüste brettern.

Auf der Heimfahrt lässt Dylan die Fenster runter und wir legen unsere Handflächen in den Wind. Ein Gefühl, das wir beide lieben. Bis auf die Liebe zu Mom unsere einzige Gemeinsamkeit.

In den Waldabschnitten bitte ich ihn, langsamer und mit Fernlicht zu fahren. Ausnahmsweise scheinen das heute alle so zu machen. Nicht ein totes Tier liegt am Straßenrand.

Drei Tage früher:

Katja trägt ein viel zu großes Herrenhemd. Es ist kariert und ausgebleicht und hat bestimmt mal einem ihrer früheren Liebhaber gehört. Eifersüchtig kneife ich die Lider zusammen. Aber da ich weiß, dass mich das viel zu sehr nach Andrew aussehen lässt, reiße ich die Augen gleich wieder umso weiter auf.

Das Haus riecht nach Champignon-Baguette. Ich erkenne die Packung auf dem Stuhl neben ihr. Wenn Mom keine Lust auf Kochen hat, schiebt sie auch diese Sorte in den Ofen. Katja hat Kopfhörer in den Ohren und heftet Bürozeugs ab. Sie registriert nicht, dass ich hinter ihr stehe. Die Haustür schließt sie nie ab. Eine Angewohnheit aus ihrer Zeit in Kanada. Sie behauptet, kein Mensch schließe dort sein Haus ab.

»Die Erinnerung spielt einem oft Streiche«, sagte ich mal zu ihr, als wir nackt und schwitzend beieinander auf dem Boden lagen. Weil Katja aber nicht bloß schön ist, sondern auch schlau, wusste sie sofort, dass der Spruch aus einem Film kommt. Sie zwickte mir in den Sack und sagte: »Mach dir gefälligst deine eigenen Gedanken!«

Je länger ich hinter ihr stehe und sie nichts merkt, desto nervöser werde ich. Ich brüte Ideen aus, die ich sonst nur in großer Höhe kriege. An Brückengeländern muss ich mir immer vorstellen, wie es wäre, mit Anlauf drüberzuspringen, zu fallen und aufzuschlagen. Und dann schüttelt es mich durch wie jetzt, wo ich mir vorstelle, dass jemand einen Schraubenzieher oder einen anderen spitzen Gegenstand in Katjas feingliedrigen Rücken rammt, direkt neben der Wirbelsäule.

Katja ist dünn, aber nicht mehr zu dünn. In ihrem früheren Leben hat sie sich mehrmals täglich einen Finger in den Hals gesteckt und deshalb am Ende eine Niere verloren. Heute sieht sie das folgendermaßen: »Es ist gut, dass die eine weg ist. Erst als ich sie verloren hatte, wollte ich nicht mehr weniger werden.«

Eigentlich würde ich sie gerne von hinten umarmen, meine Hände auf ihre Brüste legen. Ihre Brüste haben die perfekte Größe für meine Hände. Stattdessen berühre ich sie vorsichtig an der Schulter. Sie zuckt und schreit trotzdem. Als sie sich umdreht, rutschen ihr die Stöpsel aus den Ohren und einer verheddert sich mit ihrem rechten Ohrring und einer Strähne.

»Verdammt, Tim. Was soll das, mich so zu erschrecken!«

»Wenn du deswegen durchdrehst, solltest du besser die Tür abschließen.«

Wir sehen uns tief in die Augen. Katja blinzelt zuerst. Sie sagt: »Scheiße, hilf mir mal«, und dreht mir das Chaos hin. Ich versuche das Wirrwarr an ihrem Ohr zu lösen. Irgendwann gebe ich auf.

»Nicht bewegen«, sage ich. Die Schere geht problemlos durch. »Du bist frei.«

Ich halte das kürzere Stück Kabel mit dem Stöpsel und eine ihrer Locken in der Hand und stecke beides in die Hosentasche.

»Was willst du damit?«, fragt Katja.
»Es soll mich daran erinnern, warum es klüger ist, seine Haustür abzuschließen.«
»So jung und schon so spießig.«
Katja küsst mich.

Als ich letztes Jahr nach den Sommerferien zu spät zum ersten Treffen der Foto-AG kam, war sie gerade dabei, alle Teilnehmer zu porträtieren. Jeder sollte eine für sich typische Geste machen. Fast alle verschränkten die Arme, als sie an der Reihe waren, bis auf Hip-Hop-Paul, der machte das Peace-Zeichen.
Niklas winkte mich zu sich. Vor ihm warteten noch Meike und Viktor, danach sollte er vor das Tafel-Pad.
»Was ist typisch für mich?«, flüsterte er Nägel kauend.
»Genau das«, antwortete ich und ahmte seine Knabberei nach.
»Na toll«, sagte er.
»Auf jeden Fall besser als Arme verschränken«, sagte ich und deutete auf Meike, die genau das gerade tat.
Niklas schnaufte, und Viktor streckte Katja seine von den morgendlichen 1,5 Liter Energy-Drink braun verfärbte Zunge entgegen.
Niklas ging zum Tafel-Pad und ließ die Finger am Mund.
»Diese Geste wäre auch typisch für mich«, gab Katja zu.
Und ausgerechnet im Moment, als ich ihr das erste Mal direkt ins Gesicht sah und mir als Markenzeichen lässig die Haare hinters Ohr klemmen wollte, funkte mein scheiß Asthma dazwischen. Während ich mir Spray in den Mund pumpte, drückte sie auf den Auslöser.
Sofort forderte ich eine Wiederholung. Doch sie lächelte

bloß und schob sich selbst die Haare hinters Ohr. Sie sagte: »Wenn du zu deinen Makeln stehst, kann's losgehen.«

»Wer sagt denn so einen Schrott?«, erwiderte ich und musste lachen.

Keiner lachte mit.

»Entschuldigung«, schob ich nach und sah zu Boden.

»Schon okay«, sagte Katja.

Ich hob den Blick wieder. Sie lächelte immer noch. Ich konnte nicht aufhören sie anzusehen. Sie hörte nicht auf zu lächeln.

So fühlt sich das also an, dachte ich.

»Die sind es für mich.«

Vor uns liegen tote Tiere über den Raum verteilt.

»Ich hätte früher anfangen sollen, dann wären auch Neon-Flughunde mit dabei.«

»Erzähl mal«, sagt Katja.

»Heute nicht«, entgegne ich und frage noch mal nach: »Das sind sie?«

»Ja, das sind sie.«

Zwei Tage früher:

Bunte Flughunde zogen in die entgegengesetzte Richtung, als ich in meiner Familienuniform den Anker lichtete und die Schiffsglocke läutete. Jeder sollte hören, dass ich auf dem Weg war.
So endet der Prolog in Samuel Winters Geschichte.
Ich glaube, ich war dabei, als ihm Teile davon einfielen.
Ich lege das Lesebändchen zwischen die Seiten, lösche das Licht und erinnere mich.

Vor knapp zwei Jahren flogen Dylan und ich nach längerer Zeit wieder einmal zusammen von Zürich nach Melbourne. Meine Herbstferien hatten gerade begonnen und die Semesterferien in der Schweiz dauerten noch an. Ich nahm Niklas mit, weil er mein bester Freund ist. Dylan nahm Samuel mit, weil er war, wie Dylan sein wollte.
Für Niklas war es der erste Langstreckenflug. Die Rente seines Vaters reicht für solche Dinge nicht, und was seine Mutter als Altenpflegerin verdient genauso wenig. Also hatte Andrew ihm seine Bonusmeilen geschenkt.
Schon auf der Fahrt zum Flughafen wurde Niklas hibbelig und rieb sich die Beine, die in Thrombosestrümpfen steckten, die er sich bis über die Knie gezogen hatte und unter einer engen Jeans versteckte. Wir drei anderen trugen kurze Hosen und Sandalen.

Während der ersten Flughälfte schwärmte Dylan Samuel von Fitzroy und unserem Elternhaus vor. Samuel wirkte gelangweilt. Dylan tat mir leid.
Niklas flüsterte: »Der Freund von deinem Bruder erinnert mich an einen traurigen Vampir.«
Andrew holte uns vom Flughafen ab. Wie immer klebte das Telefon an seinem Ohr. Erst kurz bevor wir vor ihm standen, steckte er es ein und begrüßte uns der Reihe nach. Mir wuschelte er durchs Haar und erstickte mein »Stop it!« in seiner Jackett-Achsel.
Auf einem Hügel unweit des Airports weideten Kängurus.
»Is that normal?«, fragte Niklas.
»That's just for you«, antwortete Andrew.
Dann machte er Businesstalk via Freisprechanlage und überließ uns unserer Müdigkeit, bis wir den Steak-Grill erreichten. Wir bestellten eine Familienplatte mit Beef, Chicken und Kangaroo.
Als wir fertig gegessen hatten, zog Samuel mit der Gabel Muster in den Fleischsaft auf seinem Teller und sagte: »I love meat.«
Er leckte sich über die Lippen und ich flüsterte Niklas zu: »Kein Vampir, mehr eine Schlange.«
In Fitzroy angekommen, gingen wir rauf in unsere Zimmer. Andrew fuhr weiter zu einer Videokonferenz mit japanischen Partnern.
Mein Zimmer in Melbourne ist jetzt auch das Zimmer der Rudermaschine. Als Niklas sie entdeckte, schwankte er zwischen Jetlag und Überdrehung. Er setzte sich auf das Ding. Nach zwei Zügen war er fertig und schleppte sich auf mein Bett. Ich blies seine Luftmatratze auf, bekam ihn

aber nicht mehr von meiner Decke. Wenigstens die Turnschuhe wollte ich ihm ausziehen. Als ich sie von seinen Füßen löste, musste ich würgen, so sehr stanken sie nach den dreißig Stunden Reise.
Ich schob die Fenster auf und atmete tief ein. Am Nachbarfenster hingen Dylan und Samuel und rauchten.
»Hast du 'nen Anfall?«, fragte Dylan. »Wo ist dein Spray?« Er klang tatsächlich besorgt. Ich zog es aus der Tasche und drückte mir zwei Stöße in den Mund.
»Alles gut«, sagte ich.
Sie sahen mich an. Samuel nahm einen Zug von seiner Zigarette, behielt den Rauch drin und sagte: »Asthma gefährdet die Gesundheit.«
Nachdem ich Niklas auch die Socken abgezogen und sie direkt in die Mülltonne gesteckt, ihm etwas von Andrews Parfum auf die Füße gespritzt und mir die Hände mit Mandarinenseife gewaschen hatte – Andrew kaufte damals noch dieselbe Seife, die auch Mom immer gekauft hatte, was beschissen hilflos wirkte –, war ich wieder hungrig und wollte mir ein Sandwich machen. Es war nach Mitternacht und ich wunderte mich selbst, dass ich nicht schlafen konnte. Langsam schlich ich über den Flur auf die Treppe zu und hörte Dylans Stimme hinter seiner Zimmertür. Ich blieb stehen und sah durchs Schlüsselloch. Mom hatte bestimmt, dass unsere Zimmer und das Bad nicht abgeschlossen werden konnten. Grandpa hatte einen Herzinfarkt im Badezimmer bekommen und war gestorben, weil es zu lange gedauert hatte, die Tür aufzubrechen.

Ich knipse das Licht an. Offene Türen. Noch eine Ähnlichkeit. Bin ich auch einer von diesen ödipalen Freaks? Ich knipse die Nachttischlampe an und aus, an und aus, an und aus und versuche, zurück nach Australien zu kommen. Nach langem Flimmern gelingt es mir.

Dylan und Samuel saßen sich gegenüber. Dylan las einen Text von seinem iPad Pro Level X ab, und als das Wort *Revolution* fiel, ohrfeigte Samuel ihn blitzschnell, präzise und hart.

»Zu dick«, sagte Samuel.

Dylan wollte etwas entgegnen, doch Samuel schlug seinen Widerspruch mit einer weiteren Ohrfeige weg.

»Lies weiter«, sagte er ruhig.

Bebend fuhr Dylan fort, bis er bei *Liebe* zu stottern begann und Samuel ihm wieder eine klatschte. Ich war drauf und dran, ins Zimmer zu stürzen und meinem Bruder zu helfen, da hörte ich Dylan schluchzen: »Du hast recht, es ist alles Bullshit ... Schlag beim nächsten Mal noch härter zu!«

Irritiert schlich ich davon.

Der Hunger war weg. Statt Toast nahm ich 3 Milligramm Melatonin, trank ein Ginger Beer und ging ins Bett.

Beim Frühstück ließ ich mir nichts anmerken, obwohl Dylan sogar ein Veilchen hatte. Samuel träufelte Zitronensaft auf eine Avocadohälfte und sagte: »Guys! Was machen wir? Ich hätte Lust auf *Liebe* und *Revolution*!«

Dylan schmierte Erdnussbutter auf sein Weißbrot und verzog keine Miene. Der Stahlgriff des Käsehobels drückte sich in meine Handfläche. Gott sei Dank stolperte Niklas in die Küche und fragte: »Wo sind meine Socken?«

In den kommenden Tagen fuhren wir in die Stadt und hingen auf der früheren Formel-1-Strecke rum. Nach dem

Aus dieses idiotischen Sports hatte man dort Eukalyptus angepflanzt und veranstaltete Open-Air-Konzerte. Wir saßen am Memorial für Nick Cave, einem Leuchtturm, in St. Kilda. Seit Caves Yacht *Henry Lee* mit ihm an Bord verschwunden war, blinkte der Turm jede Nacht in den tiefhängenden Pazifikhimmel. Aber Nick Cave fand nicht zurück. In Löchern zwischen den Steinen paarten sich Zwergpinguine und paradierten nach Sonnenuntergang für Fans und Touristen über den Pier.

»Hirsche zur Brunftzeit klingen ähnlich«, stellte Samuel fest.

Wir wanderten bei vierzig Grad im Schatten durch Wilsons Promentary und sahen aus wie pigmentgestörte Hummer, als wir den Squeaky Beach erreichten, uns auszogen und ins Wasser sprangen. Bei jedem Schritt Richtung Brandung quietschte der feine, weiße Sand unter unseren Füßen.

Obwohl wir zu viert unterwegs waren, gaben wir unsere Paar-Tandems nie auf. Dylan versuchte, Samuel zu gefallen, und Niklas und ich begriffen, was wir aneinander hatten.

Ab und zu rief Andrew mich an, um zu fragen, ob wir etwas bräuchten. Ich sagte nein, weil die Frage zu spät kam und ich wusste, dass eine ehrliche Antwort ihn vor eine unlösbare Aufgabe gestellt hätte.

Am Ende der ersten Woche gingen wir auf eine Warehouse Party. Niklas wurde von einem muskulösen Schönling angeflirtet, aber weil er so weit noch nicht war, flüchteten wir aufs Dach, ließen die Beine über die Kante baumeln und tranken Goon. Was Alkohol anging, waren wir echt geschmacklos.

Als wir nach Hause wollten, sahen wir Samuel und Dylan, die versuchten, mit zwei deutschen Austauschstudentinnen anzubandeln. Niklas und mir waren sie auch schon aufgefallen, als sie an der Bar Shot auf Shot stürzten und darüber stritten, welche Stadt hässlicher wäre, Hannover oder Köln. Die beiden zeigten Samuel und Dylan den Mittelfinger und verschwanden in der zuckenden Menge.
Am nächsten Tag erfuhren wir aus den News, dass eine deutsche Austauschstudentin auf Ketamin von einem Dach in den Tod gestürzt war. Bevor sie das Foto einblendeten, schaltete Samuel ab.
Als ein Schwarm Kakadus auf der Wiese vor unserem Haus landete, freuten wir uns wieder auf unsere Fahrt auf der Great Ocean Road.
Die Suburbs kamen mir nie ausgedehnter vor als bei diesem Trip. Ein unendlicher Einheitsbrei aus Flachdächern und Pools, den potentielle Buschfeuer zuerst erwischen würden.
Dylan fuhr mit offenem Verdeck, bis wir näher an die Küste kamen und die Fliegen uns heimsuchten. Niklas' weißes Shirt war bald zur Hälfte schwarz. Wie bei jedem Insekt fragte er, ob die Fliegen gefährlich seien. Ich beruhigte ihn, doch Samuel unterbrach seine stillen Notizen und sagte: »Ich habe mal gelesen, diese Art legt liebend gern ihre Eier im Trommelfell sechzehnjähriger Jungs ab.«
Dylan lachte künstlich, mir reichte es.
»Bist du eigentlich schon als Arschloch auf die Welt gekommen?«, platzte es aus mir raus.
»Timmy!«, fuhr mich mein Bruder an.
Samuel sah in den Rückspiegel und sagte: »Sehr theatralisch, Kleiner. Mal überlegt zu schauspielern? Ich kenne

die richtigen Leute, wenn du möchtest, stelle ich den Kontakt her.«
Niklas umgriff mein Handgelenk: »Lass gut sein.«
Ich machte mich los und starrte aus dem Fenster, bis wir parkten.
Am Ferienhaus warteten schon Jack und Erin, Freunde von Dylan aus der Zeit, als er noch eine eigene Meinung hatte. Sie hatten ein Picknick im Gras aufgebaut und Drogen für alle mitgebracht. Ich glaube, wir hatten Spaß dort, kann es aber nicht mehr komplett abrufen. Ich weiß, dass Niklas zum Schluss sogar eine halbe Welle lang auf dem Surfbrett stand.
Natürlich hatte er Angst vor Haien, aber ich überzeugte ihn, dass die nur bei bewölktem Himmel bissen.
Wir hatten only blue days. So viel ist sicher.
Unseren letzten Abend in Melbourne verbrachten wir nach einem knappen Dinner mit Andrew am Fluss. Wir wollten den Flughunden, die in den Bäumen entlang des Ufers schliefen, beim Aufwachen zusehen. Jeden Tag nach Sonnenuntergang starteten die Tiere ihre Nahrungssuche, die sie quer über das Stadtgebiet führte.
Wir ließen Dylan und Samuel links sitzen und kletterten von der hölzernen Aussichtsplattform, um ein Stück auf dem Pfad zu gehen. Niklas scheuchte ein Wallaby auf, als er versuchte, die Aufmerksamkeit der Tiere über unseren Köpfen zu gewinnen. Er schnalzte mit der Zunge, viel lauter als alle anderen es können – sein Gaumen liegt über dem Durchschnitt, genauso wie seine Gutmütigkeit –, und die Flughunde, die von den Ästen hingen wie spooky Früchte, blinzelten uns an. Manche sahen aus, als würden sie lächeln.

»Willst du nach der Schule hierhin zurück?«, fragte Niklas.
»Du meinst für immer?«
»Ja.«
»Würdest du mitkommen?«
Er schlug sich in den Nacken. Fliegen. Mit Blick auf die schwarzen Trümmer in seiner Handfläche antwortete er: »Ich glaube nicht.«
Die ersten Flughunde flatterten auf, ich deutete wahllos Richtung Horizont und sagte: »Kein Problem, Niki. Wir finden was anderes.«
Einen Augenblick später hörten wir Schreie.
Schnell liefen wir zurück. Auf der Plattform standen vier maskierte Gestalten in Tarnkleidung mit Maschinengewehren. Sie schossen in die Baumkronen, und wir sahen, dass es sich um Paintball-Markierer handelte, als die Neonmunition auf die kreischenden Flughunde traf. Die Tiere fielen auf den Boden, die Schützen lachten und klatschten sich ab.
»HEY!«, brüllte ich, ohne nachzudenken.
Die vier drehten sich zu uns um und eröffneten sofort das Feuer. Mich erwischten sie am Bauch, Niklas an der Wade. Wir retteten uns in die Büsche und rannten Richtung Parkplatz.
Dylan und Samuel dösten auf der Motorhaube und sprangen sofort auf, als sie uns rufen hörten. Wir erzählten ihnen, was los war. Samuel zögerte nicht einen Moment und griff sich einen dicken Stock vom Waldboden.
»Kommt ihr?«, sagte er und lief voran.
Er drosch auf die Typen ein, als hätte er nie etwas anderes getan, erwischte sie in den Kniekehlen und an den Handgelenken. Wir drei anderen prügelten und traten weniger

exakt um uns und steckten dementsprechend auch mehr ein. Doch am Ende hielten wir die Paintball-Waffen in den Händen und schossen ihnen hinterher. Zwei waren wahrscheinlich jünger als Niklas und ich, aber das machte unsere Siegesfreude nicht schmaler.
Überall klebte Farbe an uns, meine Lippe war aufgeplatzt, und über Niklas' Wange lief ein blutiger Kratzer.
Samuel wusch sich die Hände im Fluss, und Niklas flüsterte: »Definitiv ein Vampir.«
Wir zählten sechs tote Flughunde, zerschlugen die Waffen an einem großen Stein und blieben bis zum Einbruch der Nacht, so lange, bis alle Tiere auf dem Weg waren. Manche von ihnen leuchteten.
Es war das erste und letzte Mal, dass wir uns als eine Einheit fühlten.

Ein Tag früher:

»If you wanna be famous, you have to eat these berries«, sagt Nick Cave, der eine Skippermütze und Sonnenbrille trägt.
»Everyone thinks you're lost«, antworte ich.
»Eat them. Immediately!«, befiehlt er.
Ich greife nach den Beeren.

»Hui, da hat wohl einer wild geträumt, was?«
Mom hält mein Handy in der linken Hand, über der rechten trägt sie einen weißen Gummihandschuh. Brombeermus klebt daran und riecht wie im Traum. Auf ihrer Schürze steht *SUPERMOM*.
»Lag neben dem Klo. Niklas ist dran. Es ist übrigens schon nach zehn, wann wolltest du deine Bilder hängen?«
Ich setze mich auf.
»Um zwei treffe ich mich mit Frau Nowak. Wieso?«
»Wir wollten dir doch noch was zum Anziehen kaufen«, sagt sie.
»*Wir* wollten gar nichts, *du* willst. Kümmer du dich lieber um deine Marmelade, Mom«, antworte ich gähnend.
»Ziehst du mir zuliebe wenigstens ein Hemd an?«
»Wenn's dich glücklich macht«, sage ich und strecke die Hand nach dem Telefon aus.

Endlich reicht sie Niklas an mich weiter.
»Gut, dass du mich weckst.«
»Dass du überhaupt schlafen konntest. Bist du denn gar nicht aufgeregt?«
»Aufgeregt habe ich mich höchstens kurz, weil du nicht kommst.«
»Aber die Auswilderung ist wirklich *sehr* wichtig. Da *muss* ich hier sein.«
»Schon klar. Wie geht's dir denn da oben an der Küste?«
Niklas stockt, dann sagt er: »Ich muss dir was erzählen.«
Ich ahne, was kommen könnte, und bin wach.
»Ich hab jemand kennengelernt.«
Tja, falsch geahnt. Peinlich berührt wische ich über die Bettdecke.
»Er heißt Lennart«, fährt Niklas fort.
Blöderweise muss ich lachen.
»Was ist?«
»Nichts, gar nichts, tut mir leid … Ich dachte bloß, du würdest mir was ganz anderes erzählen.«
»So?«, sagt Niklas und nach einer langen Pause: »Du meinst, dass ich in dich verliebt war?«
Ich wische so schnell über die Decke, dass meine Finger heiß werden.
»Sorry, Niki. Ich wollte kein Arschloch sein.«
»Jetzt bild dir bloß nix drauf ein.«
Wir lachen beide, angestrengt, dann ist eine Trillerpfeife bei ihm im Hintergrund zu hören.
Er sagt: »Ich muss los. Ich meld mich wieder. Viel Glück morgen –«
Niklas ist schon länger weg. Aber so weit weg wie gerade eben hat es sich noch nie angefühlt.

»Einen Tick höher. Stopp. Perfekt.«

Zwar ist es nicht das CCP in Melbourne, es ist nicht mal eine örtliche Galerie, doch ich bin trotzdem euphorisch, als ich meine Fotos in der Aula hänge. Dass Katja da ist, um mir zu helfen, trägt maßgeblich dazu bei. Natürlich bleibt sie auf Abstand, weil uns der Hausmeister argwöhnisch beobachtet. Er sieht so aus, als würde er gleich schreien: Lasst meine weißen Wände zufrieden, ihr Vandalen! Clever wie Katja ist, hat sie ihn mit Butterbrezeln bestochen, hat dem Mann, noch bevor wir losgelegt haben, das Maul gestopft. Hin und wieder reicht sie mir den Hammer und achtet drauf, mich zu berühren.

Gerade will ich die Froschserie anbringen, als der Strom ausfällt.

»Herrschaftszeiten«, flucht der Hausmeister und macht sich auf zum Sicherungskasten. In solchen Momenten glaube ich ein bisschen an Gott.

Ich höre den Mann durch die Tür rumpeln, steige von der Leiter und taste die Arme voran nach Katja wie ein Zombie bei Nacht. Ihr Feuerzeug macht Geräusche, dann steht sie vor mir, mit flackerndem Gesicht und großen Augen.

Angefangen hat das mit uns auch im Dunkeln. Der Kurs

war zu Ende, an den Leinen in der Dunkelkammer hingen unsere ersten Wochenaufgaben: heimliche Schnappschüsse von einem Familienmitglied.
Niklas hatte Michel beim Porno-Gucken geknipst, was ihm viele Lacher einbrachte. Außerdem konnte er das Foto als Druckmittel gegen seinen kleinen Bruder benutzen, wenn der ihn wieder nervte. In puncto Pornos versteht ihre Frauenvereinsmutter nämlich keinen Spaß.
Ich hatte Dylan eingefangen. Er war über der Tastatur eingeschlafen und die Sonne, die durch sein Fenster schien, ließ ihn schimmern.
Katja bat mich, noch einen Moment zu bleiben. Als wir alleine waren, sagte sie: »Ein sehr schönes Foto. Wenn du ihm einen Titel geben müsstest, wie würde es heißen?«
Eine gefühlte Ewigkeit später, antwortete ich: »Vielleicht ›Schimmernder Verlierer‹?«
»Hm«, entgegnete sie bloß.
»Wenn Sie ihn kennen würden, könnten Sie's nachvollziehen«, sagte ich.
»Ich finde, ganz abgesehen von deinem Bruder, ist Sich-verlieren-können eine gute Eigenschaft. Oder nicht?«
»Doch … schon … Ich weiß nicht. Ich meinte Verlierer mehr wie Versager.«
Plötzlich bekam ich schlecht Luft und musste mein Spray rauskramen.
»Alles in Ordnung?«, fragte Katja und berührte mich an der Hand, ein elektrischer Schlag.
Keuchend winkte ich ab. »Alles gut, ja.«
»Ich wollte dir nur sagen, dass du ein sensibles Auge hast, Tim. Und einen Blick für die Dinge in nächster Nähe.«
Sie lächelte, und ich trat einen Schritt auf sie zu.

»Zu nah?«
Sie schüttelte den Kopf.
Ich wagte mich noch ein Stück weiter vor, bis kaum noch eine Handbreit Raum zwischen unseren Gesichtern war. Keine Ahnung, wo dieses Selbstbewusstsein herkam. Ich küsste sie einfach.
»Halt«, sagte sie nur und schob sich an mir vorbei. Mein Herz flipperte. Ich dachte, sie würde gehen. Doch sie ging nur auf Nummer sicher und verriegelte die Tür.

Die Lampen leuchten wieder und Katja schiebt mir meine Hände zurück, die unter ihr Kleid gerutscht waren. Schon kommt der Hausmeister durch die Tür und hat gleich noch den Direktor und zwei Taschenlampen mitgebracht. Der Schulleiter sieht aus wie eine Eichel, so blass bis zartrosa, fleischig und kahl.
»Na das wird ja ganz famos!«, ruft er, und leider verfügt der Raum über eine Wahnsinnsakustik.
Famos, denke ich und kneife die Augen zusammen.
Er klatscht in die Hände, als hätte er irgendwas dazu beigetragen, geht auf Katja zu und flötet: »Das war ein tolles Schuljahr mit Ihnen, Frau Nowak! Es freut mich sehr, dass wir, nach der Gruppenausstellung im Frühjahr, hier jetzt noch einen ganz individuellen Eindruck gewinnen können.«
Katja lenkt die Aufmerksamkeit auf mich.
»Tim Cooper ist der Künstler.«
Meine Knie werden weich. Künstler, are you serious?

»Bis morgen«, sage ich.
»Hat Spaß gemacht heute. Und davor auch«, sagt Katja,

lächelt ihr Lächeln und fährt auf einem Mountainbike davon.

Mom, Dylan und ich sitzen beim Vietnamesen.
Meine Wan Tans sind glitschig und scharf, und ich habe auf Durchzug geschaltet, solange Dylan Mom beschwichtigt.
Seit der Vorspeise versucht er ihr weiszumachen, dass er einfach noch mehr Entwicklungszeit braucht und man beim Schreiben eben nichts erzwingen kann. Mom baggert Brokkoli mit ihren Stäbchen.
»Es ist nicht meine Entscheidung, Schatz. Rede mit deinem Vater. Er bezahlt die Studiengebühren.«
Dylan hört nicht auf. Mom ist nur ein Dummy, eigentlich spricht er vor allem zu sich selbst.
»Nimm zum Beispiel Magnus. Du weißt schon, er war vor kurzem mal bei uns, bevor er mit dem Rennrad nach Frankreich gefahren ist. Ich meine, er ist über dreißig und probiert es weiter. Außerdem schreiben wir gerade zusammen an was. Ende des Jahres kommt er nach Melbourne. Wir wollen recherchieren und arbeiten und ein bisschen surfen. Magnus war auch in Zürich dabei. Nach der Sache mit Samuel waren wir füreinander da … Du weißt, wie fertig mich das gemacht hat.«
»Du bist erwachsen, Dylan. Mach, was gut für dich ist.«
Ich weiß genau, was er gerne entgegnen würde: Kannst du nicht machen, dass es gut für mich wird? Ich denke solche Sätze selbst oft genug, so ähnlich sind wir uns dann doch.
Aber Dylan nickt bloß und isst stumm sein mittlerweile kalt gewordenes Hauptgericht.

Mein Handy vibriert. Max Flieger. Ich drücke ihn weg.
Wir bestellen gebackene Bananen zum Nachtisch.

Im Bett versuche ich Katja zu erreichen.
Sie geht nicht ran.
Während ich es bei ihr probiere, klopft Max schon wieder bei mir an.
Off.

Day of days, später Morgen:

On.

Ich tippe den Code ein. 4 Anrufe in Abwesenheit, viermal wird *Max Flieger* angezeigt. Nichts von Katja.

Unter der Dusche komme ich mir plötzlich austauschbar vor, wie das millionste sensible Auge, wie die Wiederholung der Wiederholung. Wen interessieren tote Tiere? Und sofort, als ich an Katja denke, kriege ich eine Erektion – mein Kopf macht sich über mich lustig, der Penner.

»Du siehst aus wie ein Schinken«, nuschle ich, während ich meinen geröteten Körper abtrockne. Ich ziehe das Hemd über und denke mir, dass ein Schinken es gut hat: Hängt ewig rum, hat ewig Zeit zu reifen. Aber ich war ja schon bei meiner Geburt früh dran, wanderte von der Bauchhöhle direkt in den Brutkasten. Wärst du mal dort geblieben, denke ich und: Wie viele Knöpfe hat dieses Kackhemd denn noch?

Day of days, Mittag:

Eine neue Mitteilung. Katja, hoffe ich. Aber da steht wieder nur *Max Flieger* und folgender Text: *Mach's gut, Tim! Vor allem besser als ich.*
Ich versuche eine Verbindung herzustellen.
Sein Telefon ist aus.
Dann Festnetz: tot.
Ich rufe nach Mom.
Ich rufe nach Dylan.
Ich rufe noch mal nach Mom.
Keine Antwort.
Sie sind beim Squash, fällt mir ein. Scheiß Sportlerfamilie.

Als ich die Vespa aus der Garage schiebe, bemerke ich, dass ich vergessen habe, eine Hose zum Hemd anzuziehen.
Die Vespa hat Mom sich nach der Trennung von Andrew gegönnt. Wir teilen sie uns seit diesem Sommer. Gerne hätte ich Touren mit Katja unternommen, aber das geht nicht in einer Umgebung wie dieser.
Auf gerader Strecke wähle ich noch einmal Max' Nummer. »Dies ist die Mailbox von ...«
Es war doch offensichtlich. Wie Brei, meinte Dylan. Wobei

Teig besser passt, überlege ich. Den lässt man ja auch stehen. Oder heißt es gehen?
Ich bringe die Tachonadel auf 80 km/h.

Der Anstieg zum Fliegerhaus ist dreißigprozentig und bremst mich runter.
Endlich komme ich oben an, klappe das Visier hoch, kann aber nichts Außergewöhnliches erkennen. Da steht das Haus und dahinter der Wald.
Hektisch stelle ich die Vespa auf dem Rasen ab. Als ich den Lenker loslasse, kippt sie in den Quittenbusch und ich höre die Zweige über den Lack kratzen.
Ich klingle Sturm. Früher hätte sein blinder Hund gebellt oder einer seiner Freunde geöffnet. Jetzt ist da kein Geräusch. Ich hämmre mit der Faust an die Tür und rufe nach ihm: »Max!«
Eine Elster zetert über meinen Kopf hinweg. Sonst passiert nichts.
Als ich zur Terrasse laufe, stolpere ich über zwei volle Gießkannen und schürfe mir das Knie auf. Humpelnd erreiche ich die Fensterfront, schirme die Augen ab gegen das Blenden und entdecke Max, der regungslos am Boden hockt. Eine rote Strickmütze sitzt schief auf seinem Kopf. Vor ihm stehen zwei Kanister.
Ich klopfe ans Glas, doch er schaut nicht auf. Ich klopfe fester. Kein Mucks. Also hebe ich den großen Stein mit dem Ammonitenfossil neben der Gartenbank auf, gehe zwei Schritte zurück und schmeiße die Scheibe ein.
Erst jetzt tritt mein Asthma auf den Plan. Ich inhaliere und gehe dann auf Max zu, der so irre guckt, dass ich es kaum aushalte.

»Was ist hier eigentlich los?«, keuche ich.
Irr und verloren sieht er mich aus roten Augen an, ich muss mich zusammenreißen, ihm nicht ins Gesicht zu schlagen.
»Was zur Hölle ist los mit dir?«, brülle ich jetzt und verliere das Gleichgewicht, sacke aus der Hocke nach hinten und habe Glück, dass ich mir nicht die Hände an den Scherben schneide. Er fängt an zu heulen. Weil ich nicht weiß, was ich sonst machen soll, halte ich ihn fest.
»Ich schaff's nicht, Timmy«, schluchzt er und klammert sich an mich.
Ich muss an den Koala im Zoo von Melbourne denken. Ein Tierpfleger legte ihn mir vor vielen Jahren in die Arme und der Koala krallte sich an mir fest. Es tat weh. Vor lauter Angst musste ich weinen.
»Komm«, sage ich, stehe auf und ziehe ihn hoch.

Day of days, Nachmittag:

Ich fühle mich ausgehöhlt, als ich vor der Psychiatrie stehe und die automatische Eingangstür sich immer wieder auf und zu schiebt, weil ich die Lichtschranke blockiere. Auf meinem Display leuchtet eine Nachricht von Dylan:
Where are you? Everyone is waiting! Especially one person you didn't expect.

Eine halbe Stunde zu spät erreiche ich das Schulgelände, zupfe Hemd und Haare zurecht und laufe mit schmerzendem Knie Richtung Aula.
Die Gäste stehen in Kleingruppen und trinken Sekt gegen das Warten. Sie sind zahlreicher und älter, als ich es mir vorgestellt habe. Das Wort Sommerferien hat für keinen von ihnen mehr eine Bedeutung. Ich sehe den Direktor, der gerade Bussis in ein verschminktes Hutgesicht drückt, und seine Frau, die neben ihm steht und betrunken wirkt. Am Tisch direkt vor dem Rednerpult stehen Mom und Dylan und ein schmaler Männerrücken. Dylan entdeckt mich als Erster, dann winkt Mom und schließlich dreht der Mann sich um.
Er trägt eines seiner typischen Hemden ohne Krawatte und lächelt vertraut. Aber irgendwas ist trotzdem anders.

Als er mich umarmt, fällt es mir ein: Andrew hat kein Telefon in der Hand, und ich möchte ihn Dad nennen.
»A good surprise?«, fragt er vorsichtig.
Ich nicke und habe viel Lust zu weinen. Von wegen Squash, unberechenbar, diese Blutsverwandten. Dylan reicht mir ein Glas Sekt. »Why so late, little brother?«
Meine komplette Familie sieht mich fragend an.
Die Wunde am Knie beginnt zu jucken, und ich muss mich zusammenreißen, nicht zu kratzen.
»Was hast du denn da gemacht?«, fragt Mom, die das Loch im Hosenstoff über dem Knie entdeckt hat.
»Später, okay?«, antworte ich so beiläufig wie möglich.
»Die Vespa?«, fragt sie weiter.
»Ist noch ganz, keine Sorge. Habt ihr Frau Nowak gesehen?«
Sie schütteln die Köpfe. Mom zieht einen Briefumschlag aus der Tasche.
»Ist für dich, lag auf der Treppe.«
An den Künstler, steht auf dem Umschlag, und mir wird flau, weil ich Katjas Handschrift erkenne.
Die Eichel kommt an unseren Tisch und sagt freundlich genervt: »Da sind Sie ja, wir dachten schon, der Mut hätte Sie verlassen. Können wir also anfangen? Ich sage ein paar einleitende Worte, und anschließend wäre es schön, wenn auch Sie die Gäste kurz begrüßen.«
»Fünf Minuten«, gebe ich ihm zu verstehen und verschwinde auf die Toilette.

In der Kabine hat vor mir jemand Gift geschissen, der Alkohol sticht deutlich raus. Ich benutze meinen Inhalator und versuche ruhig durch den Mund zu atmen. Erschöpft lehne ich mich gegen die vollgetaggte Wand, ziehe den Brief aus dem Kuvert und lese:

Mein lieber Tim,
ich kann heute nicht da sein.
Es ist nicht, weil ich nicht will. Ich hätte es bloß schwer ausgehalten, auf Distanz zu bleiben. Hoffentlich verstehst Du das. Man wird ängstlicher mit dem Alter, aber davon musst Du noch nichts wissen.
Ich bin auf dem Weg zurück nach Kanada. Die OCAD *in Toronto hat mir einen Lehrauftrag angeboten.*
Meine Adresse schreibe ich Dir unten auf. Du weißt, dass ich meine Tür nie abschließe.
Keep your head up!
Katja

Endlich kann ich weinen, heftig und ausdauernd. Ich bin der Spross einer Sportlerfamilie. Aus der Aula klingt Applaus. Ich falte den Brief und schiebe ihn in die Tasche, dann entriegle ich die Tür. Bevor ich verschwinde, nehme ich einen Filzstift und schreibe: _ _ _ _ _ _ _ _ _ _ _ _ _ _ _ _
Mein Herz pocht, genau wie mein Knie.

Bondi

»Sounds nice«, findet Dylan.
Magnus stimmt zu.
Dylan klickt auf *Buchen.*

Später stürzt Magnus, als sie auf dem zwei Meilen langen Weg zum Strand über die Leitplanke des Highways springen müssen. *Man fällt vom Bungalow direkt in den Sand,* hatte die Website versprochen. Dylan lacht, weil Magnus so merkwürdig verdreht daliegt. Magnus stöhnt, weil er so merkwürdig verdreht daliegt.

»Well, bye then«, sagt der Arzt, reicht Magnus die Krücken und geht aus dem Zimmer. Dylan tockt mit seinem Nogger gegen den Gips und fragt: »Tut's weh?«
Magnus reagiert nicht.
Dylan reißt das Papier vom Eis, beißt hinein, Schokolade splittert. Er schmatzt: »Du kannst das Holzlöffelchen dann haben«, und fügt nach dem Schlucken hinzu: »Obwohl 'ne Stricknadel besser wäre, ich weiß noch, als ich mir den Arm …«
»Lutsch einfach dein Eis, Dylan!«

Dylan planscht mit drei Norwegerinnen in den Wellen,

Magnus schreibt Postkarten. Eine davon adressiert er an Anne:

Liebe A,
habe mir in Sydney ein Handicap eingebrockt. Musste an Dich denken. Denke überhaupt öfter an Dich. Manchmal will ich an Wiederholungen glauben, weißt Du.
Magnus

Nachdem er die Karten frankiert hat, schiebt er eine Stricknadel unter dem Gips vor und zurück und blättert in *Muränen*. Samuel ist im Zürichsee ertrunken. Selbstmord, wie Magnus vermutet. Bereits während ihres Schreibstudiums an der Akademie hatte Samuel davon gesprochen, es könne nicht schaden, früh und knallend abzugehen. Sein posthum erschienenes Debüt wurde jedenfalls zum Bestseller. *Magisch*, schrieb die Presse. Eine Kopie der Kopie, denkt Magnus mit jeder neuen Seite und stößt in Kapitel 4 auf folgenden Dialog:
»Sind wir Freunde?«
»Wir können niemals Freunde sein.«
»Warum?«
»Du und ich, wir haben das gleiche Ziel.«
Magnus klappt das Buch zu und sieht Dylan aufs Wasser schlagen.
»I'm Neptun«, brüllt er.
Die Mädchen kreisen ihn ein.
»Praise me!«, befiehlt er ihnen.
Dann lösen die Lifeguards Haialarm aus.

Iona

Frühling

Im Baum vor dem Fenster nerven Elstern. Drinnen trocknet Handwäsche, Wasser tropft auf Holz. Zum Großteil sind es Hannes' Klamotten.
Koljas Blick bleibt an der Steckdose dicht unter der Zimmerdecke hängen. Ein Spaß der Wohnungsbauer vor geraumer Zeit, als ob man auch verkehrt herum wohnen könnte.
Kolja gähnt.
Hannes schreit.
Kolja rennt in die Küche. Er hofft, dass Hannes sich verbrüht oder geschnitten hat, dass es richtig schlimm ist. Und er zum Retter wird.
Doch Hannes sitzt einfach nur da vor seinem Laptop und schüttelt den Kopf.
»Was ist?«
»Matt Damon ist tot«, antwortet Hannes.
»Ich werde ausziehen«, sagt Kolja.

Sie haben beide immer viel geredet, aber kaum miteinander gesprochen.

Im Gras neben Kolja sitzt ein Junge und liest in einem Buch, das für kurze Zeit auch mal auf seinem Nachttisch

lag, eine Empfehlung von Hannes – er kannte den Schriftsteller von früher –, die ungelesen ins Regal wanderte.
Kolja findet den Jungen schön. Er könnte ihm das Buch aus der Hand nehmen und daraus vorlesen. Er könnte ihm etwas erzählen, ohne mit ihm zu sprechen.

Eine leergeräumte Wohnung unter dem Dach. Jede Bewegung hallt durch den Raum. Sie haben die 70 Quadratmeter zusammen übergeben. Zum Schluss umarmten sie sich, ohne sich wirklich zu berühren.
Kolja steht in dem Zimmer, das seins war, und denkt: wie Magneten.

Vor der Eisdiele kämpft er mit einer Biene, duckt sich weg, holt aus, schlägt ins Leere.
Ein anaboler Jogger bleibt stehen und sagt: »Du wärst bestimmt kein schlechter Boxer.«

Der Botanische Garten ist sein Lieblingsort.
Es gibt dort eine Obstwiese, die den Obstwiesen am Bodensee ähnelt, und einen Baum, der nach Kuchen riecht.
Kolja hat eine halbe Stunde hierher gebraucht und geht nun von Eingang zu Eingang.
Schließlich ist er einmal rundherum gelaufen, ohne sich reinzutrauen.
Der Botanische Garten war ihr Lieblingsort.

Kolja saß im Hof, die Sonne blendete.
Kruck – Kruck – Kruck.
Die Töchter der Nachbarin versauten die Kugellager ihres kleinen Tretrollers auf dem sandigen Boden.
Kruck – Kruck – Kruck.
»Das macht doch null Sinn hier mit dem Scheißding«, sagte Kolja laut.
Erschrocken sahen die beiden Mädchen ihn an, das kleinere begann zu heulen.
Er sagte: »Sorry.«
Das größere der beiden Mädchen erwiderte nur: »Arschloch.«
Das kleinere Mädchen rief nach der Mutter.
Kolja verschwand ins Haus, wo er seine Mutter rufen hörte: »Telefon für dich!«

»Morgen geht's endlich los. Hast du schon gepackt?«
Thomas' Stimme klang wie ein Feuerwerk.
»Bin dabei«, antwortete Kolja träge.
»Um halb neun am Flughafen. Sei einmal pünktlich.«
Thomas legte auf.
Kolja ging zu seiner Mutter, um ihr zu sagen, dass sie sich ein bisschen beeilen müsse mit dem Bügeln, weil er die Sachen schließlich mitnehmen wolle.

Sommer:

Verpasst.

Im Flugzeug kaute Kolja nervös Kaugummi gegen den Druck. Thomas sah neugierig in die Wolken.
Sie landeten in Glasgow, fuhren mit dem Zug aus der Stadt, der Himmel passte tongenau zu den Industriefassaden.

Steif vom langen Sitzen erreichten sie die Küste. Auf der Fähre rieb Kolja sich die Ohren warm. Durch den Horizont ging ein Riss, und die vielen Touristen ließen kaum Raum für ein Gefühl von Abenteuer.
Ein Familienvater stand an der Reling, rief auf halber Strecke: »Look! A submarine!« Die Kinder reckten aufgeregt die Hälse. Kurze Zeit später sagte der Mann, es sei bloß ein Scherz gewesen. Frau und Kinder verschwanden entnervt unter Deck. Thomas versuchte, im Schutz des Schornsteins auf dem Oberdeck Zigaretten zu drehen.

Nach einer Weile verkündete der Kapitän das Anlegen am Hafensteg. Dort rollten sie über eine schmale Straße, der Bus war voll mit alten Jack-Wolfskin-Frauen. Thomas schlief. Kolja blieb wach.
Er flüsterte »Freiheit« und bekam Gänsehaut vor Scham.

Herbst

Zwei Pinguine werfen den Kopf in den Nacken und geben tiefe Laute von sich. Wäre Kolja mit verbundenen Augen vor ihr Gehege geführt worden, er hätte auf Hirsche getippt.
Sein iPhone 8 vibriert dreimal kurz hintereinander.
Er liest: *Wo bist du?*
Antwortet: *Zoo.*
Thomas schreibt: *?*
Kolja sendet: *Pinguine klingen wie Hirsche.*

Die Pasta ist zu weich geraten.
»Passt gut zu uns«, findet Thomas.
Thomas ist Koljas bester Freund seit Kindertagen, seit sie im Sandkasten miteinander gerungen haben, wobei Thomas ihm dermaßen viele Körnchen in den Mund rieb, dass er sie noch Tage später fühlen konnte.
Viel später ging der Abiball zu Ende, saßen sie aneinandergelehnt in einem Bushäuschen, das Wort *Bitches* stand auf der Scheibe über ihren Köpfen, und Thomas flüsterte: »Ich werde nie das Risiko einer Beziehung eingehen.«
Es war eine der wenigen Situationen, in denen er über die Trennung seiner Eltern sprach.

Thomas weiß alles von Kolja.
Kolja weiß alles von Thomas.
Sie vergessen nichts, manchmal tut das weh.
Sie sind Speicher.

Nach dem Essen spielen sie Pingpong. Die Match-Bedingungen sind anders als sonst, weil es regnet und der Ball immer wieder in einem der vollgelaufenen, kleinen Löcher, die die Zeit in die Platte gekerbt hat, zum Kreiseln kommt. Außerdem sind die Penner nicht da, die sie sonst anfeuern und auf sie wetten. Kolja mag die Männer, sie tun ihm nicht leid. Im Gegenteil, er bildet sich ein, es müsse ein beruhigendes Gefühl sein, zu wetten, wenn man nichts mehr zu verlieren hat.

Dann wird aus dem Regen Hagel. Thomas verstaut die Schläger in der großen Fronttasche seines Capes und geht wortlos auf die Wiese, wo es unter seinen Sohlen schmatzt. Plötzlich fängt er an zu hüpfen und zu brüllen und winkt Kolja zu sich, und als der bei ihm ist, packt Thomas ihn an den Schultern und drückt ihn in den Matsch. Sie toben, wälzen sich klatschnass.
Ich kenne dich von klein auf, denkt Kolja.

Sie pressen ihre Zehen gegen die Rippen des Heizkörpers, trinken Bier und blicken durchs schlierige Glas auf die Stadt. Im Hintergrund schleudert die Waschmaschine den Nachmittag. Aus dem Hagel ist Schnee geworden, und sie überlegen, wie die Steigerung von Schnee aussehen könnte.
»Wie eine Lawine, nur ganz blau«, glaubt Thomas.

Auf der Straße tauchen Laternenkinder auf und singen. Kolja summt mit, hängt beim Text aber immer eine Silbe hinterher.
Die Laternen, die er mit den Kindern in der Kita gebastelt hat, müssen bis nächstes Jahr warten. Seit einer Woche haben sie wegen der Masern-Epidemie geschlossen.
Thomas sagt: »War ein schöner Tag.«
Und Kolja fragt sich, ob er damit meint, dass sie heute Abend nicht auf die Party gehen.

Sie gehen auf die Party.
Thomas pfeift ein Lied und erinnert Kolja an Hannes, obwohl er sich sonst immer große Mühe gibt, ihn nicht an Hannes zu erinnern.

Im letzten März waren Hannes und Kolja auf einen Berg gefahren. Hannes erzählte von einem neuen Drehbuchanfang. Ständig fing etwas an, zu Ende brachte er es kaum. Kolja wollte ihm nicht zuhören und drehte einen traurigen Song lauter, der ihm gefiel und von dem er sich wünschte, er würde Hannes auch gefallen. Stattdessen sagte Hannes: »Kannst du das leiser machen. Interessiert's dich denn gar nicht?«
Kolja ertrug seine Stimme nicht, den vorwurfsvollen Klang. Er kniff das Lautstärkerädchen zwischen Zeige- und Mittelfinger, stellte sich vor, es wäre Hannes' Brustwarze oder seine Nase, und drehte es in einem Rutsch nach links. Dann schwiegen sie bis zur Bergspitze.
Oben stürmte es. Nach einer Viertelstunde rollten sie abwärts, waren nicht ausgestiegen.

Auf der Party stinkt es nach Weihrauch. Einer der Gäste hat einen antiken Schwenker mitgebracht und führt ihn vor. Zwei Models klatschen.
»Holy Shit«, raunt Thomas Kolja ins Ohr.
»Jesus fucking Christ«, raunt er zurück.
Sie freuen sich kurz über den schlechten Gag und steuern den Kühlschrank an. Thomas kann nicht aufhören, öffnet die Edelstahltür und fragt: »Messwein oder Wodka?«

Sie kippen und ziehen und Koljas Brust wird ganz warm, wie früher, wenn seine Mutter sie ihm mit Wick VapoRub einrieb. Nur riecht es hier nicht nach Eukalyptus, sondern nach Gottesdienst und Tabak. Und bis jetzt liegt auch keine warme Hand auf Koljas Haut.

Sie drängeln sich durch den Flur. Thomas fragt einen schlaksigen Typen nach Anne, der Gastgeberin, und der fragt zurück: »Ist das die mit dem Glasauge?«
Sie schieben sich weiter durch den Flur.

Im Wohnzimmer wird getanzt. Anne, die Kolja erst einmal gesehen hat, schreit gerade den DJ an. Der nickt und durchsucht seinen Plattenkoffer. Thomas tippt Anne auf die Schulter. Sie fällt ihm um den Hals und will etwas sagen, da fängt Tracy Chapman an zu singen und ein paar Frauen im Raum johlen auf. Ein dickes Mädchen sieht in ihrem orange-roten Vintage-Wollpulli aus wie ein Orang-Utan und bewegt sich auch so.

Anne zerrt Thomas in die Mitte des Raums. Sie tanzen und Anne reibt sich an ihm. Er lacht, aber Kolja merkt, es

ist ihm unangenehm. Thomas schaut rüber und macht ein Exzellent-Loch.
»Don't you know you better run, run, run, run, run, run, run, run, run, run, run, run …«
Zu dumm, dass Kolja ausgerechnet jetzt so fest wie lange nicht mehr steht.
Von der Seite fragt jemand: »Wir fuchsen, bist du dabei?«

Statt Münzen schmeißen sie Tongranulat aus dem Blumentopf so nah wie möglich an die Wand. Dort hängt die Zeichnung eines freischwebenden Astronauten. Kolja ist ziemlich sicher, dass Hannes *freischwebend* durch *verloren* ersetzt hätte.

Mit seinem Gewinn vom Fuchsen verschwindet er ins Bad, sperrt ab, kippt die Zahnbürsten aus dem Becher ins Waschbecken. Der Triceratops auf dem hellblauen Plastik ist schon stark verblasst und droht bald ein zweites Mal auszusterben. Kolja platziert den Becher auf den Fliesen und lehnt sich von innen an die Tür. Er spielt gerne, ist aber kein Teamplayer. Bis auf ein Tonkügelchen versenkt er alle.
Es klopft, wieder und wieder.
Bevor er das Bad verlässt, blickt er kurz in den Spiegel: das ausdrucksloseste Siegergesicht der Welt.

Vor der Tür tritt das Klopfen von einem Bein aufs andere und sagt: »Endlich.«
Kolja denkt an den Saurier.

Er kann Thomas nicht finden und stellt sich neben zwei Polohemden in seinem Alter. Ihr Haar ist glänzend zur

Seite gescheitelt. Sie sagen ihm ihre Namen. Henrik und Jonas. HJ, denkt er.
Jonas erzählt seine peinlichste Piss-Geschichte. Zuvor hat Henrik seine verraten. »Ihr kennt doch diese Wasserbehälter, die man an die Heizung hängt, zur Luftbefeuchtung … da hab ich als Kind mal reingepisst.«
Henrik lacht so übertrieben und breit, dass Kolja eine Füllung im hinteren Backenzahnbereich erkennen kann. Peinlich berührt nestelt er an seinem linken Sweatshirtärmel, zieht ihn ein bisschen hoch, wie Leute es machen, die die Zeit von ihrer Armbanduhr ablesen wollen.
Kolja trägt niemals Armbanduhren. Er hat sonst immer den Abdruck im Gesicht seiner Mutter vor Augen. Sie verließen seinen Vater sofort, und der versucht bis heute, es wiedergutzumachen. Aber auch Koljas Mutter ist ein Speicher.
»Was ist deine?«, fragt Henrik quiekend.
Kolja weicht aus und erzählt, er hätte als Kleinkind am Atlantikstrand Gruben neben anderen Urlaubern gebuddelt und reingekackt. In Wahrheit ist das Thomas' Geschichte.

Jemand hat dem im Sessel eingeschlafenen Orang-Utan-Mädchen eine Banane in die Hand gedrückt. Auf seiner Stirn steht *Donkey Kong 2018*. Eine aus dem Schwarm knipst Opferfotos.
Kolja isst die Banane, findet eine sandfarbene Decke und hüllt das Mädchen ein, macht eine gewaltige Düne aus ihm. Anschließend setzt er sich im Schneidersitz vor sie hin und winkt die Fotografin zu sich. Sie kommt sofort und fragt: »Kenn ich dich?«

»Nein«, antwortet Kolja, »ich hab mich nur gefragt, ob deine Fotze genauso behaart ist wie deine Oberlippe.« Reflexartig führt sie ihre Hand zum Mund und weicht einen Schritt zurück.
»Lösch das Bild und geh dich rasieren!«
Als sie etwas erwidern möchte, zuckt er schnell mit dem Oberkörper vor und stößt ein »Bu!« aus.

Kolja wählt Thomas' Nummer. Mailbox.
Sekunden später bekommt er eine SMS. Von Hannes.
Ich vermisse Dich, leuchtet auf.
Mach was draus, tippt er. Und sendet.

Als die Lichter gedimmt, Kerzen angezündet werden und Grüppchen zusammenfinden, gibt Kolja seinen Wachposten auf. Die Wohnung ist riesig, jetzt erst bemerkt er das. Man geht nicht, man wandert durch die Räume.

In der Küche sitzen drei versprengte Gestalten. Henrik, Jonas und eine Frau. Kolja auf der Schwelle bemerken sie nicht. Henrik hält eine Fondue-Gabel in der Hand, Jonas filmt ihn mit dem Handy.
»Bereit?«, fragt Jonas.
Henrik nickt. Die Frau nickt ebenfalls, geht auf die Knie, legt den Kopf in den Nacken und zieht mit den Fingern die Lider ihres rechten Auges auseinander. Kolja erschaudert und macht einen Schritt rückwärts. Henrik steht von seinem Stuhl auf, zielt und führt das spitze Ende der Gabel näher und näher an den Augapfel der Frau heran. Kolja will schon schreien, als die Frau sagt: »Mach ein bisschen schneller!«

Die Gabel setzt hörbar auf.
»Tada!«
Henrik grinst in die Handykamera.
Jonas sagt: »50 000 Klicks, Minimum.«
Henrik nimmt die Gabel weg und die Frau in den Arm.
Das ist die mit dem Glasauge, begreift Kolja.

Am Ende des Flurs ist ein Lichtschimmer zu sehen. Langsam geht er darauf zu, Konfetti bleibt im Profil seiner Turnschuhe hängen. Er lugt durch den Spalt und da sitzt Thomas auf dem Bett. Annes Kopf liegt in seinem Schoß, er streicht ihr über die Haare.
Kolja schiebt die Tür etwas weiter auf. Obwohl sie ziemlich alt aussieht, ist kein Quietschen zu hören. Thomas sieht ihn an. Stumm erfragt Kolja die Stimmung per Daumenbarometer. Bei waagerecht nickt Thomas und löst sich vorsichtig von Anne.

Draußen schluckt der Schnee die Geräusche. Auch Kolja und Thomas schweigen. Erst nachdem Thomas in einem 24-Stunden-Kiosk zwei Flaschen bayerisches Bier gekauft hat, fragt er: »Hattest du Spaß?«
»War schon okay ... Hab Wache gehalten. Geht's Anne schlecht?«
Thomas will den Kronkorken wegkicken und verfehlt ihn. Im Aufstoßen sagt er: »Sie ist schwanger.« Er möchte noch etwas ergänzen, als sich ein anderer Kaputter an ihnen vorbeischleppt. Mit letzter Kraft brüllt der: »Fahrt zur Hölle!«
Prompt hält Thomas ein Taxi an.
»Du kannst nicht ewig drum rumgehen, Kolja.«

Vielen Büschen im Botanischen Garten hat man Planen gegen die Kälte übergezogen. Kolja und Thomas passieren die Gewächshäuser. In einem gibt es Schmetterlinge. Es ist noch nicht lange her, da trat Kolja aus Versehen auf eines der Tiere, nahm es mit nach Hause und legte es draußen auf den Fenstersims. Dann sah er zu, wie eine Elster angeflogen kam und es fraß.
Sie biegen ab Richtung Alpenvegetation, hören eine Eule. Thomas imitiert ihren Ruf, doch der Vogel lässt sich nicht täuschen.
Auf der Anhöhe steht eine Bank, die sie dank einer der wenigen die ganze Nacht durchleuchtenden Laternen gut erkennen. Kolja will sich setzen, da sagt Thomas: »Wir springen drüber. Wie früher.«
In ihrer Kindheit gab es eine Phase, in der Thomas und Kolja beinahe alles überspringen mussten: Schranken, Hydranten, kleine Bäche, schlafende Menschen auf der Freibadwiese.
»Hannes ist die Bank«, sagt Thomas. »Hopp und weg.«
»Schwachsinn«, antwortet Kolja.
»Feigling«, kontert Thomas.
Sie sehen einander lange an.
Irgendwann nimmt Kolja Anlauf und segelt durch die Luft. Auf der anderen Seite reißt er die Arme hoch und jubelt. Thomas klatscht und ruft: »Ich komme.«
Er rennt, er fliegt,

er liegt da wie ein Fötus, wie ganz am Anfang.
Und Hannes ist schuld.

Wieder erreichten sie einen Hafen, wieder legten sie ab und standen nach einer Dreiviertelstunde am Pier der Zielinsel. Auf dem Fußweg zum Hostel begegneten ihnen ausschließlich Schafe. Sie kamen an einer Steinkirche vorbei, unter der angeblich Macbeth begraben sein soll.

Später kochten sie in der Gemeinschaftsküche neben einem Jungen, der sich ihnen als Hannes vorgestellt hatte. Er sei zur Recherche dort, ein Filmprojekt. Er erzählte sehr ausführlich davon. Kolja mochte seine Stimme, den selbstbewussten Klang darin.

Als Kolja den Schnittlauch hackte, stand Hannes ganz dicht neben ihm. Er roch gut und seine Locken wippten fröhlich.

»Mein Lieblingsfilm ist *Good Will Hunting*«, sagte Hannes und warf Zwiebelstückchen in die Pfanne.

»Meiner auch«, log Kolja.

Thomas ließ die Dose mit den passierten Tomaten fallen.

Nachts im Bett flüsterte Thomas: »Lügner. *Die Goonies* ist doch unser Lieblingsfilm.«

Kolja gab sich schlafend.

Winter

Kolja sitzt auf der Bank im Botanischen Garten und blickt auf ihre zerknitterten Kindergesichter.
»Außer seinem Personalausweis, seiner EC-Karte und euch beiden war nichts im Geldbeutel«, hatte Thomas' Mutter gesagt, als sie ihm das Foto gab.
Kolja öffnet ein Bier mit dem Feuerzeug, das transparente Gehäuse bekommt Sprünge. Schwerfällig führt er die Flasche zum Mund und schüttelt sich nach dem Schlucken.
»Der erste ist meistens bitter«, hört er Thomas sagen.
»Ich weiß.«

An den nächsten Tagen unternahmen sie viel zu dritt. Thomas lief voraus, Hannes und Kolja hinterher. Einmal hielten sie kurz Händchen.
Am letzten Abend, der Wind war stark und zerpustete die Wiesen und die Felle der Schafe, tranken sie im Gemeinschaftsraum. Eine fette Motte flog zuerst um die Kerze, schließlich direkt in die Flamme und versengte sich die Flügel. Thomas nahm sie auf die Hand und setzte sie vor das Fenster.
Er war ein Retter.
Stumm sahen sie das verletzte Insekt hinauskrabbeln. Hannes und Kolja begannen sich zu küssen.
Thomas folgte der Motte.

In Gedanken: Rio

Philip macht Mittag an *Silkes Imbiss* und zerteilt eine Frikadelle auf dem Teller. Nächste Woche wird sein Darm gespiegelt, weil Blut mitgekommen ist. Wenn er an den Termin denkt, die Maschine, den Schlauch, kriegt er das Zittern. Wie ein Windhund im Winter. Wie Cassius Clay. Wie einer, der Angst hat.

»Konnte wieder nicht richtig pennen«, sagt er, als Silke ihn fragend anschaut.

»Man müsste immer zwanzig bleiben«, sagt sie.

Mit zwanzig war er bereits zwei Jahre Fahrer, damals noch bei Taxi Hartmann. Bis Dezember '94. Hartmann hatte mies gewirtschaftet und versucht, diverse Ämter zu bescheißen. Am Ende setzte er sich in einen der Wagen, kurbelte die Fenster runter und schloss das Garagentor. Philips Glück war, dass der junge Mayer genau zu dieser Zeit sein Geschäft hochzog und er ihn aus der Kneipe kannte. Der junge Mayer ist zwar ein paar Jahre älter, aber für ein eigenes Geschäft, für einen Chef, war er damals verdammt jung. Er hat eine liebe Frau und zwei Töchter und bumst seit Jahren mit Britta, der Telefonistin in der Zentrale. Brittas Junge heißt Frieder und hat genau die Segelohren vom Mayer.

Silke lehnt an der Theke, Fett glänzt in ihrem Gesicht, das

immer noch schön ist. So schön wie am Tag, als sie ihre Grenze zog. Sie waren jung, und Philip fuhr sie nach Hause. Damals war er dünner und mutiger und fing an, ihren Kopf zu streicheln.
Sie sagte: »Mensch Philip, es geht nicht«, und stieg aus.
Er nickte und versuchte, tapfer dreinzuschauen. Als sie im Haus verschwunden war, roch er am Polster des Beifahrersitzes: Pommes und Lavendel.
Nur ein paar Wochen später war Silke dann schwanger und der Vater über alle Berge. Zwischen ihnen änderte das nichts. »Ich bin jetzt Mama und eine Mama ist anständig«, meinte sie damals und meint es bis heute so, zumindest was ihn betrifft.
Ihre Tochter ist hübscher und schlauer als der Rest. Sie studiert Marketing. Vielleicht macht sie *Silkes Imbiss* eines Tages in der ganzen Welt bekannt, denkt Philip.
Satt schiebt er das Hack durch den Senf, hört das Brutzeln der Fritteuse.
»Ich muss los«, sagt er mit vollem Mund.
Silke winkt zum Abschied.

Philip versucht, mit der Zunge ein Stück Fleisch aus den hinteren Zähnen zu pulen. Sein Smartphone quäkt. Er wischt über das Display: »Ja, Britta. Wohin?«
»Akazienstraße 72. Klingeln bei Sander. Ist eine alte Dame.«
Das Stück löst sich, er schluckt und startet den Motor.

»Hallo?«, rasselt es aus der Gegensprechanlage.
»Ihr Taxi, Frau Sander. Sind Sie so weit? Kann ich helfen?«
»Ich komme.«

Fünf Minuten später schiebt sich ein Gehwagen vor die Tür. Er tritt seine Zigarette aus und macht ein paar Schritte auf die alte Dame zu.
»Der muss mit«, sagt sie ernst und rüttelt am Griff des Wagens.
»Legen wir in den Kofferraum«, antwortet er und sieht in ihre von Äderchen durchzogenen Augen. Das Restgesicht ist knittrig wie sein Hemd.
Unter ihrem skeptischen Blick verstaut er den Rollator zwischen Heckklappe und Rücksitz, senkt langsam den Kofferraumdeckel.
»Na bitte«, sagt er. »Passt perfekt.«
Als sie beide sitzen, fragt er: »Wo soll's denn hingehen?«
»Lidl und Apotheke. Ich brauche Milch und Krebstabletten.«
Ihr Lachen klingt anfangs wie ein Wiehern und am Ende so, als wandere Schmirgelpapier durch ihren Hals.

»Hier mufft es aber ganz schön nach Frittenbude«, bemerkt Frau Sander nach wenigen Metern Fahrt.
Philip greift ins Handschuhfach und zieht einen Wunderbaum heraus. Eigentlich kann man die Dinger nicht mehr kaufen. Hochgradig krebserregend, heißt es vom Verbraucherschutz. Aber Philip hat auf Vorrat gehamstert. So wie es andere mit Glühbirnen und Mentholzigaretten gemacht haben. An einer roten Ampel hängt er den Lufterfrischer an den Rückspiegel. Frau Sander reckt die Nase Richtung Papptanne. »Lavendel«, stellt sie lächelnd fest.

Er dreht eine Runde auf dem Parkplatz, will eine Lücke direkt vor dem Eingang finden. Sie soll nur wenige Meter rollen müssen. Die Bucht für Behinderte ist frei. Eigentlich ist sie immer frei.

Philip hebt den Wagen aus dem Kofferraum.
»Ich warte, bis Sie fertig sind. Wollte sowieso Kaffee trinken. Zähler bleibt solange aus.«
Ein roter Luftballon fliegt an ihnen vorbei in den Himmel. *Lidl lohnt sich mehr denn je*, steht darauf.
Frau Sander schlurft zum Eingang.

Wenige Minuten später kommt sie schon wieder aus dem Laden. An ihrer Seite ein Mitarbeiter, der versucht, sie an der Schulter zu führen.
»Fass mich bloß nicht an, Junge!«
Philip stellt den Kaffeebecher aufs Dach und geht auf die beiden zu.
»Gibt's ein Problem?«, fragt er.
Ein Päckchen Butter ist das Problem.
»Zum zweiten Mal«, sagt der Filialleiter, als Philip die alte Dame zurück ins Auto verfrachtet hat. Mit weißen Spuckeresten in den Mundwinkeln fährt er fort: »Wir wollen sie ungern anzeigen. Allerdings ist es wohl auch in ihrem Interesse besser, wenn sie zukünftig woanders einkauft.«
Philip ist ein bisschen überrascht, dass der Mann es trotz seiner Sabberei in eine Führungsposition geschafft hat, und froh, dass Frau Sander das Gequatsche nicht mitbekommt.
Er verspricht dem Mann, es werde nicht wieder vorkommen. Der Filialleiter schließt mit den Worten: »Ich weiß doch, Ihre Mutter ist bestimmt kein schlechter Mensch.«

Sie fahren zu einem anderen Discounter und gehen gemeinsam hinein. Frau Sander sagt an, und Philip lädt alles in das Körbchen am Gehwagen. In der Apotheke überreicht sie ihm den ihr geschenkten Traubenzucker.
Am Ende kassiert er 20 Euro für eine Fahrt, die mindestens dreimal so viel kosten müsste. Frau Sander sagt: »Probieren kann man's doch. Die verarschen einen schließlich auch nach Strich und Faden.«

Er kurvt durch blasse Straßen, fragt sich, wie das Lidl-Lama darauf kam, er könne ihr Sohn sein, und warum er nicht widersprochen hat. Silke sagt, er hat das Herz am rechten Fleck, und sie muss es wissen, denn sie dirigiert es von jeher.

Stau. Links von ihm ein Werbeplakat. Es zeigt einen traurig dreinschauenden Mann in Schwarzweiß, um sein Gesicht sind die Sätze *Es verschwindet nie ganz* und *Der Bestseller der Generation Y* gesetzt. Rechts wartet ein Fernbus. *Meer-Transfer* steht auf der Seite.
Philip stellt sich Südamerika vor. Mit Silke am Strand Caipirinha schlürfen, den Zuckerhut im Blick und die Füße im Sand verbuddelt.
Der Verkehr fließt wieder. Die hinter ihm wissen das schon länger und zerstören durch ihr Hupen den Strand in seinem Kopf.
Es beginnt zu schneien.

3 Uhr früh, kurz vor Feierabend. Ein junger Mann zieht Philips Beifahrertür auf.
»Wir würden gern zum Botanischen Garten«, sagt er.

In weiten Bögen fährt Philip sie durch die Stadt, muss die Tour mit Frau Sander irgendwie wieder reinholen. Sie nehmen es hin und schweigen auf der Rückbank.
Ein Pärchen, wie er vermutet, ihre engen und viel zu dünnen Klamotten, die verträumten Augen. Frieder und seine Freunde sehen so aus. Obwohl Britta in den Pausen öfter laut hofft, ihr Sohn habe einfach noch nicht die Richtige getroffen, wissen doch alle, er segelt andersrum.
Konzentriert blicken die beiden aus den Seitenfenstern, als ginge es drum, sich alles zu merken, was hinter den Flocken vorbeihuscht.

Philip sieht Silke beim Kaffeekochen zu. Seine Lider sind schwer, die Augen brennen. Ein Mädchen hatte den Wagen eines jüngeren Kollegen vollgekotzt und der musste sie mit Verdacht auf Alkoholvergiftung im Krankenhaus abliefern. Also half Philip bis acht Uhr morgens beim Resteaufsammeln vor den Clubs.
Gerade schrieb sein Kollege über WhatsApp: *Sie mussten dem fetten Äffchen den Magen auspumpen. Bin jetzt in der Waschanlage. Hast was gut bei mir!*
»Möchtest du noch eine Tasse?«, fragt Silke.
Philip schüttelt den Kopf und sagt: »In Brasilien ist jetzt Frühling.«
Dann fährt er Richtung Bett.

Er ist fast angekommen, als der kleine Junge wie aus dem Nichts auftaucht und vor ihm auf die Straße läuft.

Parterre

Schnee. Clara spürt, dass der heute noch fällt. Sie spürt es am ganzen Körper und das hat nichts mit dem Alter, dem Rheuma oder dem Krebs zu tun.
Schon als junges Mädchen hatte sie diesen einen Sinn mehr. Wie oft hatte ihr Vater sie abends beiseitegenommen und befragt, wenn er am nächsten Tag die Saat ausbringen oder ernten wollte.
»Von wegen Petrus. Ich glaub nur an meine Clara«, sagte er dann zufrieden, nachdem es genauso gekommen war, wie sie es vorhergesagt hatte.
Als Clara Benjamin heiratete, hatte ihr Vater ihm beim Hochzeitsessen zugeflüstert: »Wenn du es falsch anstellst, lässt Clara dich im Regen stehen.«
Benjamin machte nichts falsch. Zwar konnte er am Ende nichts mehr richtig machen, aber das war nicht seine Schuld.
Sie stemmt die schwere Tür mit ihrem Wägelchen nach innen auf. Quer über die Außenseite hat jemand den Satz *Fahrt zur Hölle, Kapitalistenschweine!!* geschrieben. Clara mag diese Tür, auch wenn sie Kraft kostet. Größe und Form erinnern sie an die Scheunentore ihrer Kindheit. Seit mehr als fünfzig Jahren lebt sie im Parterre hinter dieser Tür. Sie ist das Einzige, was immer gleich geblieben

ist. Schon zweimal hat man sie und die anderen Bewohner entmieten wollen, aber ihr Anwalt ist Spezialist und im Nachbarhaus aufgewachsen.
Ihr Husten poltert aus der Lunge und echot durch den Flur. Erschrocken dreht sich das Mädchen auf dem Treppenabsatz um und lässt etwas fallen. Klackernd rollt der Gegenstand die Stufen hinab und über den Boden. Auf der Flucht nach oben verliert das Mädchen einen zweiten Gegenstand.
Clara krümmt sich über ihrem Rollator. Die Anstrengung hat ein paar Adern mehr in ihren Augen platzen lassen. Der Taxifahrer hatte grüne Augen. Wie Benjamin. Normalerweise nimmt sie den Bus, aber heute war ihr einfach nach Dame und Chauffeur.
Als der Hustenanfall vorbei ist, geht sie zur Treppe. Auf halber Strecke bückt sie sich und sammelt die Sprühdose ein, die das Mädchen verloren hat. Das Mädchen heißt Paula und wohnt im Fünften. Clara kennt sie gut. Alle zwei Wochen bringen sie und ihr kleiner Bruder Theo ihr einen Kasten Sprudel. Eigentlich hat Paula keine Angst vor ihr und bedankt sich immer zweimal für die Schokolade, die sie und Theo von ihr dafür bekommen.
Auf dem Absatz knipst Clara das Licht an und erkennt rote Buchstaben auf der Tapete:

FUCK THE SYST

Sie weiß, was da so unfertig steht und zum Schluss hin aus der Form läuft. Benjamin war Lehrer für Englisch und Sport. Er machte auch sie fit, ohne dabei jemals seinen

Vorsprung zu zeigen. Sie liebte ihn dafür. Und für seine Turnerarme.
Clara starrt auf den Schriftzug. Deswegen hätte die Kleine nun wirklich nicht flitzen müssen. Sie ist doch ganz ihrer Meinung. Zwar hat es heute mal wieder nicht geklappt, aber der Buttervorrat im vollgestapelten Eisfach ihres Kühlschranks wird sie auch jetzt schon überleben. Es geht ihr ohnehin nicht um Butter, es geht ums Prinzip. Und wenn es auch noch Spaß macht, weil die Gesichter derjenigen, die sie ab und zu erwischen, so verdutzte Züge annehmen, dann denkt sie für einen Augenblick nicht daran, dass sie allein ist. Vergessen kann sie es aber nie. Weil sie es nicht vergessen will. Hätte Benjamin nicht alles vergessen, wäre sie heute nicht allein.
Clara stochert mit ihrem Schirm nach dem Buch auf der Treppe.

Chemo wollte sie nicht. Ihre Hausärztin schon. Jetzt hat sie einen neuen Arzt. Gleich zwei Sprechzimmer hat Doktor Aktaş, und die sind immer proppenvoll. Doktor Aktaş akzeptiert ihren Wunsch, in der noch verbleibenden Zeit so wenig Entscheidungen wie möglich treffen zu wollen. So geht es auch schneller für ihn. Man kann es hinauszögern, aber nicht rückgängig machen. Keine sinnlosen Extras, so hat sie es immer gehalten.

Sie drückt eine Pille aus der Schachtel und nimmt einen Schluck Milch. Die Sprühdose hat sie auf den Tisch gestellt. Das Rot ist ein Marsrot, behauptet das Etikett. Nach langer Zeit ist es die erste Spraydose, die sie angefasst hat.

Benjamin bekam seine Diagnose und wollte Kuchen essen, wie immer nach den Arztbesuchen. »Zwei Stücke hiervon«, sagte er und deutete auf die Käsesahne in der Vitrine. Nach der ersten Gabel sah er Clara an und sie mussten weinen. Lange konnten sie nicht aufhören. Die Kellnerin kam ganz durcheinander, und Benjamin versuchte sie beim Bezahlen noch zu beruhigen: »Keine Sorge, es lag nicht am Kuchen.«

Clara hat die Hand an der Dose und betrachtet die welken Blumen vor sich in der Vase. Nach einer Weile schiebt sie die Dose in Position, zielt auf die hängenden Köpfe und drückt den Sprühknopf.

Eines Tages, Benjamin war noch relativ klar und sie kamen gerade aus dem Supermarkt, zog er ein Päckchen Butter aus der Manteltasche.
»Wo kommt das denn her?«
Zuerst kratzte er sich verlegen am Kopf, dann wurde er launig: »Die verarschen einen doch auch, wo sie nur können. Stimmt's nicht, Clara?«
Sie nickte.
Abends schmierte er sich die Butter aufs Brot und behauptete, es habe ihm nie besser geschmeckt.

Die Farbe riecht giftig. Clara atmet tief ein. Im Fernsehen hat sie irgendwann aufgeschnappt, dass die Dämpfe betäubend wirken.

An einem Samstagabend brauste sie ihn in der Wanne ab. Samstag war ihr Badetag. Er schimpfte über das Shampoo, das ihm in den Augen brannte. Als sie ihn abtrocknen wollte, packte er sie und quetschte sie gegen das Waschbecken. Er versuchte, in sie zu kommen, hatte aber vergessen wie, riss ihren Rock kaputt und zerkratzte ihr die Beine mit den langen Fingernägeln, die sie ihm nach dem Baden hatte schneiden wollen. Clara hielt dagegen, sagte seinen Namen, schrie seinen Namen, wusste sich aber nicht aus seinen Turnerarmen zu befreien. Benjamin riss sie um und mit ihr alles von der Ablage über dem Waschbecken. Vor lauter Angst griff sie nach der Dose Haarspray neben ihrem Kopf und sprühte ihm in Gesicht und Augen. Da schrie auch er. Seine Stimme war viel zu hoch. Jammernd kroch Benjamin über den Boden und fasste in die Scherben der Rasierwasserflasche. Clara wählte den Notruf.

Der heiße Wasserstrahl löst die blaue Kugel auf. Es ist Samstag. Clara klammert sich an die Einstiegshilfe und lässt ihren Körper in die Wanne sinken. Sie dreht den Hahn zu, nimmt Paulas Buch vom Rand und beginnt dort zu lesen, wo Paula das Papier geknickt hat:
Nach 50 Tagen auf See gerieten wir in einen Sturm. Ein herumfliegendes Fass erschlug den Schiffsjungen. Nachdem sich der Sturm gelegt hatte, übergaben wir seinen Körper dem Meer. Zuerst kam eine Schule Delfine angeschwommen und spielte mit ihm, dann zogen spitze Mäuler ihn in die Tiefe.
Muränen, wusste ich.

Als Clara Benjamin das letzte Mal sah, konnte er sie nicht sehen. Seine Augen waren verbunden und sie traute sich nicht, seine Hand zu nehmen. In der Nacht hörte sein Herz auf zu schlagen.

Schnee. Clara hat gespürt, dass der heute noch fällt. Sie öffnet das Schlafzimmerfenster und hält die Hand auf.

Fünfter Stock

Theo zieht die Decke übers Kinn, er hat ein bisschen Schiss. Er hat öfter Schiss in der Nacht, aber nie vor der Dunkelheit oder den Geräuschen und Stimmen, die er hört. Schließlich ist er kein Baby mehr und weiß, dass die Stimmen von der Straße kommen und die Leute, vor allem wenn sie betrunken sind, laut schreien müssen, weil sie so fröhlich oder traurig sind und man das merken soll. Und das Knacken, das kommt aus dem Boden. Die Dielen arbeiten, strecken sich und ziehen sich wieder zusammen. Holz macht das so, ganz normal ist das.

Manchmal tritt Theo den Boden, wenn Robin ihn geärgert hat. Robin kriegt Nutella aufs Pausenbrot und er nicht, weil es ungesund ist, sagt seine Mutter. »Weichei«, nennt Robin ihn und schießt ihm Papierkugeln in den Nacken. In der Pause verzieht Theo sich aufs Klo, um zu weinen, er kann's einfach nicht aufhalten, und wünscht sich, Robin käme ins Heim. So wie Florian.

Florians Eltern wollten ihn nicht. Sie schmierten ihm nie ein Pausenbrot, zum Schluss wäre er fast verhungert.

»Asoziale Egoisten«, sagte Theos Mutter.

Theo hatte sich danach vorgenommen, sein Pausenbrot mit Florian zu teilen, doch Florian kam nie wieder in die Schule, und Frau Pfeiffer, seine Klassenlehrerin, sagte, dass er es da im Heim besser hätte als zu Hause.

Theo glaubt das nicht, er hat gesehen, wie es in Heimen aussieht.
Vor einem Jahr wollte Paula unbedingt einen Hund, aber ihre Mutter war dagegen.
»Ein Hund in der Stadt ist Blödsinn«, hatte sie gesagt. Trotzdem nahm Paula Theo mit ins Tierheim. Sie nimmt ihn meistens mit. Nur wenn sie sich mit Ole trifft, will sie ihn nicht dabeihaben. Weil sie knutschen wollen, klar.
Seit Ole an die Nordsee gezogen ist, trifft Paula sich auch mit anderen Jungs. Sie planen irgendeinen Aufstand, hat Theo mitgehört, als sie sich letztens in Paulas Zimmer versammelten. Zum Schluss hielten sie Zettel hoch, und Paula sagte: »Damit ist es einstimmig beschlossen. Frieder ist unser Sprecher.«
Frieder verbeugte sich und küsste den Jungen neben sich lange auf den Mund.
Jedenfalls fuhr Paula mit ihm an den Rand der Stadt und Theo fand es scheiße. Immer wenn er »Scheiße« sagt, kriegt er 50 Cent vom Taschengeld abgezogen. Aber Theo fand dieses Tierheim nun mal scheiße, und lügen ist viel schlimmer als fluchen, sagt seine Mutter. Die Hunde in den Zwingern guckten alle so traurig, als wären sie noch nie draußen gewesen, und sprangen jaulend gegen die Gitter. Richtig scheiße fand Theo das, und beinahe hätte er wieder flennen müssen, aber er presste die Zähne, so fest er konnte, aufeinander.
Einen Hund führten sie eine Stunde Gassi. Der zerrte wie wild an der Leine und kackte mitten auf die Straße.
»Hunde sind wie Kinder. Die brauchen viel Zeit und Aufmerksamkeit«, erzählte die Chefin vom Tierheim, nach-

dem sie Ringo, so hieß der Hund, wieder zurückgegeben hatten. »Man muss sich das gut überlegen.«
Paula und er nickten, fuhren zurück in die Stadt und aßen eine Döner-Pizza im Kiez. Der Bäcker jonglierte mit Kugeln aus Teig.
In der folgenden Nacht träumte Theo zum ersten Mal von Florian, wie er heult und gegen die Tür springt und sich dabei furchtbar wehtut und noch mehr heult.
Er fiel aus dem Bett und schlug sich die Stirn auf. Paula und seine Mutter verarztteten ihn: »Wird alles wieder gut«, sagten sie.
Seitdem träumt Theo ständig von Florian und findet es scheiße, dass er ihn nie gefragt hat, ob sie zusammen raus sollen.
Auf der Straße schreit jemand: »Fahrt zur Hölle!«
Theo deckt sich ab, schließt das Fenster und schaltet den MP3-Player wieder an:
»Justus, Peter und Bob klettern in eine Zeitmaschine. Sie reisen zurück in die Vergangenheit, zu den Dinosauriern …«

Barcelona

Die Lücke zwischen Robin und der Stoßstange ist kleiner als der Schwanz vom Kater, der bei ihnen durch die Wohnanlage streunt. Der heißt einfach nur Kater, und von seinem Schwanz fehlt die Hälfte, seit letztes Jahr zu Silvester ein paar Größere einen Böller dran festgebunden und angezündet haben.

Schon jetzt fangen sie wieder damit an, sprengen Flaschen, Mülleimer und Briefkästen.

Bäm, bäm, bäm!

Die ganze Zeit geht das so.

Kater ist ziemlich bescheuert. Wenn Robin niemanden hätte und jemand seinen Schwanz explodieren lassen würde, dann würde er abhauen. Und zwar für immer. Und zwar nach Barcelona.

Er zieht am Riemen seiner Sporttasche, die ein Stück unters Taxi gerutscht ist. Die weißen Adidas-Streifen sind jetzt schwarz. Einer aus seiner Mannschaft hat gesagt, man sähe die Fälschung genau. Robin hat ihn dann im Training umgehauen, und der Trainer hat ihn nach Hause geschickt. Aber Robin ist nicht nach Hause, sondern zu Karstadt Sports, um zu vergleichen. Tatsächlich sehen die Adidas-Streifen auf seiner Tasche irgendwie anders aus.

Die Tasche hat ihm seine Mutter geschenkt. Würde er ihr sagen, dass es eine Fälschung ist, wäre sie wohl wahnsinnig sauer. Genau wie damals, bei der Sache mit dem Bayern-Schal.

Robin hatte nichts gesagt. Trotzdem merkte seine Mutter ihm die Enttäuschung an.

»Andere Kinder wären froh«, zischte sie und schloss sich im Wohnzimmer ein. Robin klopfte lange, er hatte sich sogar den Schal für sie umgebunden. Sie machte einfach nur den Fernseher lauter. Er ging raus ins Treppenhaus, Kater war auch da. Zusammen stiegen sie aufs Dach. Robin warf Kieselsteine runter, Kater schaute ihm zu. Am nächsten Morgen lag der Schal im Müll. Robin zog ihn wieder raus und versteckte ihn im Schrank. Aber ihn umzubinden traut er sich bis heute nicht.

»Mensch Kleiner, was machst du für Sachen?«

Der Mann hebt ihn von der Straße auf. Er sieht krank aus, findet Robin. Das Gesicht ähnelt einer schimmelnden Zitrone.

Robins Hosenboden ist kalt und nass vom Schneematsch, ein Gefühl, das er gut kennt. Früher hat er ab und zu mal in die Hose gepinkelt. Falls ihm das heute passieren und einer von den Größeren es mitkriegen sollte, er wäre ein toter Mann.

Mann. Seine Mutter nennt ihn manchmal so, wenn sie gute Laune hat. Sie sagt dann: »Du bist mein lieber Robin-Mann«, kauft eine bunte Tüte am Kiosk und lässt ihn das Programm bestimmen. Ihre letzte gute Laune ist lange her. Irgendwann vor der WM waren sie im Kino, *Star Wars: Episode VIII.*

Die Größeren aus der Anlage nennen ihn »Muschignom«,

weil Kater ihm ständig nachläuft. Selbst wenn der angeschrien wird, haut er nicht ab. Das haben Kater und er gemein.
Robin weiß, er ist zu klein für sein Alter. Nur das Weichei Theo aus seiner Klasse ist noch kleiner. Aber Messi ist der Größte geworden, obwohl er klein ist. Und es gibt ja noch eine Chance. Im Internet hat er gelesen, dass man wächst, bis man vierundzwanzig ist – Messi ist mit vierundzwanzig zum dritten Mal Weltfußballer des Jahres geworden –, und Robin ist erst bei der Hälfte angekommen.
Wenigstens versuchen die Größeren ihn nicht mehr abzuziehen, seit sie kapiert haben, dass er selbst nix hat. Das ist das einzig Gute am Kein-Taschengeld-kriegen. Ab und zu fliegt ihm ein Böller vor die Füße, ansonsten lassen sie ihn zufrieden.
Der Mann tritt gegen sein Taxi: »Scheiß langer Bremsweg.« Dann sieht er Robin an. »Hat dir keiner beigebracht, nach links und rechts zu gucken, bevor du über die Straße gehst?«
Robin sagt nichts. Mit Fremden soll man nicht sprechen, haben sie im Präventivunterricht gelernt. Aber irgendwie glaubt er nicht, dass das ein guter Tipp ist. Bis auf die Familie sind doch alle fremd. Und wenn man nicht spricht, halten einen die Menschen für krank oder dumm und sperren einen womöglich noch weg. Florian, einem Jungen aus seiner Klasse, ist das passiert. Der hat irgendwann mit niemandem mehr gesprochen und war dünn wie ein Brausestäbchen. Frau Pfeiffer hat dem Jugendamt Bescheid gesagt. Jetzt ist er im Heim.
»Huhu Kleiner! Bist du taub?«
»'tschuldigung.« Robin hängt sich seine Tasche um.

»Willst du verreisen?«, fragt der Mann.
»Ich hab Fußball. Hallenturnier«, antwortet Robin.
Der Mann nickt.
»Steig ein, ich fahr dich.«
»Kann ich nicht bezahlen.«
»Hat hier irgendwer was von bezahlen gesagt?«

Überall in der Stadt bringen sie an diesem Morgen die Weihnachtsbeleuchtung an. Manche Sterne hängen so tief, dass man sie während der Fahrt pflücken könnte, ist sich Robin sicher. Zumindest wenn man in einem der oben offenen Touristenbusse unterwegs wäre.
Er pustet einen Streifen Asche vom Kunststoff.
»Rauchst du hier drin?«
»Hast mich erwischt«, sagt der Taxifahrer.
»Rauchen im Auto ist gefährlich.«
»Rauchen ohne Auto auch.«
Einmal schnippte Robins Mutter eine Kippe aus dem Fenster und der Fahrtwind wirbelte sie wieder rein. Das Auto landete im Graben und die Kippe brannte ein Loch in die Rückbank. Sie waren auf dem Weg zum See, er hatte seine Badehose schon an, und der Gurt schnürte ihm die Luft ab, als das Auto Richtung Acker wegsackte. Seine Mutter flippte aus und sagte, dass sie nur so viel rauchen müsse, weil er sie so nervös mache. Ein Typ hielt an, um ihnen zu helfen. Er hieß Stefan und wohnte danach eine Zeit lang bei ihnen. Stefan schickte ihn dauernd in sein Zimmer.
»Abmarsch, Hosenscheißer!«, sagte er, schaltete die Playstation ein und ballerte los. Wenn Stefan nicht da war, schloss er die Playstation weg, um seinen Highscore vor Robin zu schützen.

Robin zählte die Tage bis zu Stefans Tod. Er wusste, dass es nicht lange dauern würde, weil es nie lange dauerte. Im Herbst war es dann endlich so weit. Robin lag im Bett, über ihm jonglierte Messi einen Fußball auf dem Rasen des Camp Nou. Er hörte seine Mutter »Hau ab, du Schwein!« und Stefan »Mit Vergnügen, du Irre!« brüllen.
Am nächsten Tag fragte er nach: »Wo ist Stefan?«
»Der ist für mich gestorben«, antwortete seine Mutter.
Plötzlich ist Robin nicht mehr sicher, ob er sein Trikot eingepackt hat. Hastig öffnet er den Reißverschluss seiner Tasche und ist erleichtert, als er die Rückennummer fühlt. Auf dem Feld hat er die 17 und verteidigt rechts außen. Er ist kompakt und zäh, sagt sein Trainer, und dass das die beste Position für ihn sei. Sonst trägt er die 10.
Nach der Sache mit dem Schal hatte Robin Angst, seine Mutter würde ihm nie wieder was schenken. Doch dann ging sie am letzten Geburtstag mit ihm zusammen los und ließ ihn selbst aussuchen.
»Messi«, wunderte sie sich, während sie mit dem blauroten Trikot an der Kasse anstanden. »Spielt der noch?«
Kurze Zeit später schoss Messi Brasilien ab und Argentinien wurde Weltmeister.
Ein Krankenwagen schlittert mit Blaulicht über den Ring.
»Warum hast du kein Blaulicht?«, fragt Robin und malt Kreise auf die beschlagene Scheibe.
»Das frag ich mich auch jedes Mal, wenn ich im Stau stehe und rechts von den Jungs überholt werde«, sagt der Taxifahrer.
Kein Blaulicht und dann läuft im Radio auch noch einer von diesen Sendern, bei denen nur gelabert wird. Der Moderator sagt: »Wir kommen zur Nummer eins in unserer

Hitliste der Bücher des Jahres 2018, dem Roman *Muränen* von Samuel Winter. Leider ist der Autor des Buchs im Sommer des vergangenen Jahres auf tragische Weise ums Leben gekommen …«

»Kannst du Musik anmachen?«, fragt Robin.

Der Taxifahrer drückt den Sendersuchlauf. Bei 102,5 bleibt der hängen: »Du hörst *Urban Radio* mit den *Classic Tracks* und das hier ist Jay-Z: If you havin' girl problems, I feel bad for you, son. I got 99 problems, but a bitch ain't one …«

Der Taxifahrer dreht es lauter. »Besser?«

Robin zuckt die Schultern.

»Wann fängt das Spiel an?«, fragt der Taxifahrer.

»Halb zwei«, sagt Robin.

»Da sind wir ja viel zu früh da. Hast du gefrühstückt?«

Silkes Imbiss steht an der Bude. Der Taxifahrer hält ihm den Plastikvorhang auf und Robin durchquert die Luftschleuse. In der Raumstation raucht ein angeschossener Droide. Eine Frau öffnet seinen Kopf und zieht das Gehirn heraus. Die Schaltkreise sind gelb und tropfen. Zwei Außerirdische, wahrscheinlich Kopfgeldjäger, nehmen das Hirn in weißen Schälchen mit an ihren Tisch.

»Solltest du nicht im Bett liegen?«

Das Gesicht der Frau glänzt fettig im Licht.

»Unvorhergesehenes Hindernis«, sagt der Taxifahrer.

Die Frau lächelt Robin an.

»Pfannkuchen?«, fragt sie.

Robin nickt.

»Für dich auch?«

»Nein danke«, sagt der Taxifahrer und sieht ihr in die Augen. Obwohl Robin es selbst noch nie oder höchstens ganz kurz mal war, ist er sich sicher, dass das, was im Zitronengesicht des Taxifahrers passiert, mit Verknalltsein zu tun hat.

»Philip«, sagt der Taxifahrer und sieht ihn an. »Und wie heißt du?«
Robin kaut und überlegt, ob er lügen soll. Neulich hat er mal keine Steine vom Dach, sondern Wurstscheiben von einer Brücke auf Autos geworfen. Die Wurst war eh schon lange abgelaufen und grün an manchen Stellen. Gerade als er die letzte Scheibe fliegen lassen wollte, packte ihn eine Frau von hinten. Ob er eigentlich wisse, wie gefährlich das sei. Sie machte einen Mega-Aufriss, als hätte er Granaten regnen lassen, und wollte unbedingt seinen Namen wissen.
»Lionel Messi«, sagte er, und die Frau glaubte ihm und tippte es in ihr Handy. Noch bevor sie nach der Adresse fragen konnte, riss Robin sich los – er ist nicht der Laufstärkste, aber schneller als so eine ist er allemal.
»Robin«, antwortet er jetzt und quetscht noch mehr Sirup auf die Pfannkuchen.
»Wie der Partner von Batman«, stellt Philip fest.
Robin rollt mit den Augen und schluckt den süßen Brei runter.
»Hast du anscheinend schon öfter gehört, was?«
»Batman ist doch voll schwul«, erklärt Robin und spült mit Kakao nach.
»Ach ja?« Philip kratzt sich am Kinn, ein Stück Schimmelschale rieselt auf den Tisch. »Aber er hat doch diese Freundin, wie heißt die noch gleich … Rachel, genau.«
»Schwul«, wiederholt Robin.

»Na schön. Trotzdem cooler Name.«
Robin Ehlers. Er findet seinen Namen zwar ganz okay, aber cool wäre Luke Skywalker oder Tony Stark. Robin lässt die Gabel auf den Teller fallen und lehnt sich zurück.
»War gut?«, fragt Philip.
Robin nickt.
»Wo kickst du? E-Jugend?«
»D-Jugend«, stellt Robin klar. »Tabellenführer.«
»Natürlich«, lächelt Philip.
Vielleicht ist Tabellenführer nach heute gar nicht mehr gelogen, denkt Robin. Ein Sieg für sie, eine Niederlage für die Rehberge-Spastis bei Moabit, und alles ist klar.

Zurück im Taxi merkt Robin, dass er zu viel Pfannkuchen in sich reingestopft hat. Jetzt würde er gerne zu Hause auf dem Sofa liegen und FIFA zocken. Dummerweise hat der Arsch Stefan seine Playstation einfach mitgenommen. Der fand das Ding so geil, dass Robin sich sogar vorgestellt hat, wie der versuchte, anstatt der Spiele seinen Pimmel in den Schlitz zu stecken, und einen Stromschlag bekam.
»Silkes Pfannkuchen machen mir auch immer gute Laune«, sagt Philip.
Robin hat sein eigenes Grinsen gar nicht gemerkt, so sehr war er in Gedanken. Er rutscht im Sitz nach oben und fragt: »Ist Silke deine Freundin?«
»Die beste, die ich habe«, antwortet Philip. »Scheiße …« Von jetzt auf gleich verzieht er das Gesicht, muss den Blinker setzen und an den Rand fahren.
»Was ist los mit dir?«, fragt Robin aufgeregt.

»Ich hab bloß Bauchweh«, stöhnt Philip, »ist gleich wieder vorbei ... Keine Sorge, wir kommen auf jeden Fall pünktlich zu deinem Spiel.«
Mit allen Fingern drückt Philip sich auf dem Bauch rum. Wäre er eins von diesen Stofftieren, die Geräusche dabei machen, wäre die Batterie bald leer, denkt Robin.
»Bist du krank?«
Robin spricht ganz leise. Wie aus Angst, was kaputt zu machen.
»Kann ich dir nächste Woche sagen«, ächzt Philip. »Dann leuchten sie mich durch.«

Eine Viertelstunde später parken sie vor der Halle.
»Hast du was dagegen, wenn ich zuschaue?«
Robin überlegt.
»Okay. Aber vorher musst du 'ne Frage beantworten.«
»Schieß los.«
»Wer ist der beste Spieler der Welt?«
»Hm, mal sehen ... Christiano Ronaldo?«
Wieder rollt Robin mit den Augen.
»Verstehe«, murmelt Philip. »Tja, da hab ich wohl Pech gehabt.«
Robin schnallt sich ab.
»Aber du klatschst nur für uns, kapiert?«
»Kapiert«, sagt Philip.

In der Umkleide lassen Djadi und Hamet, beides Stürmer, die Brüder-Stars seiner Mannschaft, auf ihrem Handy die Champions-League-Melodie laufen. Robin schließt die Augen. Er wünscht sich, dass oben Real Madrid und nicht der SC Borussia Friedrichsfelde wartet. Und dass Djadi und Hamet die Ersten sind, die sich nach seinem Hattrick jubelnd auf ihn stürzen.

Vom Spielfeld aus hält Robin nach Philip Ausschau. Er sitzt über der gegnerischen Trainerbank. Es ist das erste Mal, dass ihm jemand zugucken möchte. Deswegen ist es schon okay, dass Philip da sitzt.
Kurz vor Anpfiff lässt der Trainer sie auf der Stelle sprinten. Dann laufen sie auf ihre Positionen. Philip klatscht schon jetzt. Der Schiri und die Kapitäne treffen sich an der Mittellinie, um die Münze zu werfen, da rasen auf einmal irgendwelche Größeren mit Trillerpfeifen aufs Feld. Sie halten sich an den Händen, und Robin weiß nicht, was das soll. Und dann glaubt er, er spinnt komplett, als er unter ihnen Theo entdeckt. Er rennt hin, aber das Weichei hat seine große Schwester dabei, die sich schützend vor ihm aufbaut. Ein paar Spieler vom SC und aus seiner Mannschaft fangen an zu schubsen und »Verpisst euch« und andere Sachen zu brüllen. Aber die Gruppe denkt nicht dran und bildet einen Kreis um ihren Anführer. Der blonde Junge spricht in ein Megafon: »Vor zwei Wochen wurde der dreizehnjährige Marvin S. krankenhausreif geprügelt, weil er einem Jungen aus seiner Fußballmannschaft gesagt hat …«
Als der Junge fertig mit seiner Ansprache ist, sind alle für einen Augenblick still. Robin beobachtet Theo, der seiner Schwester etwas ins Ohr flüstert. Sie gibt ihm ihre Pfeife, und Theo kommt auf ihn zu. Robin macht sich bereit, doch als Theo vor ihm steht, schafft er es einfach nicht, ihn umzuhauen. Wenn er ehrlich ist, hätte er nicht gedacht, dass das Weichei sich so was traut. Theo pustet so lange in seine Pfeife, bis Robin sich die Ohren zuhält.

1:4. Eine astreine Klatsche haben sie kassiert, und Robin hat nicht mal Lust, es auf die Invasion zu schieben. Noch zwei Straßen, dann stehen sie vor der Anlage.
Philip sagt: »Ich kannte den mit dem Megafon. Das ist der Sohn einer Kollegin. Ich finde, er hat recht mit dem, was er gesagt hat.«
»Mir egal«, sagt Robin.
»Glaub ich dir irgendwie nicht so ganz.«
»Mir egal«, wiederholt Robin.
»Warum hast du den Kleinen, der dir so ins Gesicht gepfiffen hat, dann nicht umgehauen?«
»Keine Lust gehabt«, sagt Robin genervt.
»Weißt du, was ich glaube?«, sagt Philip. »Ich glaube, du hast das Herz am rechten Fleck.«

Robin hat Philip noch eine gute Besserung gewünscht, und Philip hat gesagt, er wolle versuchen, zum nächsten Spiel wiederzukommen. Müde trottet Robin die Stufen hoch. Schon ein Stockwerk tiefer kann er die Bolognese riechen, die seine Mutter gekocht hat. Gute Laune, denkt er. Oben wartet Kater und sagt: »Sie hat dein Lieblingsessen gekocht, Lionel.«

Portland, Oregon

Ich vermisse Dich.
Mach was draus.
Die Asymmetrie der Sätze brachte ihn dazu, den Nachrichtenverlauf zu löschen, ein Buchungsportal aufzurufen und nach dem günstigsten Angebot zu suchen.

Etwa 36 Stunden zuvor hatte Hannes sich mit seinem Professor getroffen, um ihm sein Abschlussfilm-Vorhaben zu erläutern. Als er fertig war, lehnte sein Professor sich im Stuhl zurück und legte die Fingerspitzen aufeinander. Hannes sah ein rotes Zelt mit haariger Außenwand und manikürter Spitze. Ständig fabrizierte sein Kopf schiefe Bilder dieser Art, aus denen dann nichts weiter entstand. Es war ein ziemlicher Aufwand gewesen, sie alle aus dem Drehbuch zu streichen und zurück zum Wesentlichen zu finden. Und über das Wesentliche sagte sein Professor: »Noch ein Film über das Erwachsenwerden, willst du das wirklich? Braucht das jemand? Immer wieder?«
»Sie finden es also scheiße?«
Sein Professor hatte nicht direkt mit ja geantwortet, sondern Matteo als orientierungswürdiges Gegenbeispiel ins Feld geführt. Matteo war der deutsch-italienische Überflieger des Vorgängerjahrgangs. Ein Patenkind von Paolo

Sorrentino, dessen Abschlussfilm, ein Drama nach wahren Begebenheiten über den Anschlag auf die letzte Bohrinsel im deutschen Wattenmeer, von *Winter-Film* produziert und mit der *Lola* für die beste Regie ausgezeichnet wurde. Hannes hatte im Jahr davor auch auf eine Zusammenarbeit mit *Winter-Film* spekuliert und versucht, Kontakt zu Samuel, dem Sohn von Rita und Alexander Winter, aufzunehmen. Sie hatten sich bei verschiedenen Kinder-Workshops und Nachwuchswettbewerben kennengelernt und einmal sogar das Zimmer geteilt. Auf die Nachricht, die er Samuel schickte, erhielt er nie Antwort.

»Vielleicht gibst du dir noch ein Jahr mehr. Bei den meisten funktioniert das.«

»Ich bin 32«, sagte Hannes.

»Und?«, sagte sein Professor. »Ich bin 38.«

Hannes versprach, sich Gedanken zu machen.

Kaum aus der Tür, sah er sich in Gedanken den Wasserspender umtreten und Matteo auf dem nassen Boden ausrutschen.

Zurück in seiner nach wie vor nicht eingerichteten Einzimmerwohnung zog er sich aus und stellte sich vor den Spiegel, genau wie die Hauptfigur in seinem Drehbuch. Nach und nach riss er sich die spärlichen Haare an den Rändern der Brustwarzen aus und legte sie sich auf die Zunge. Warum er es tat, sollten die Zuschauer selbst entscheiden.

»Hi. How are you?«

»Fine, thanks.«

»How can I help you?«

»I booked a rental car.«

»Okay great, your name please.«
»Hannes. I mean Beyer, Hannes Beyer. Beyer with an E.«
»Let me check … yes.«
Jessi druckt ein Formular aus.
»Would you please sign here.«
Hannes kritzelt ein ausladendes H unter den Vertrag. Der Rest sieht bei jeder Unterschrift anders aus und heute wie ein unrundes EKG.
»Perfect. Here you go!«
Jessi gibt ihm die Schlüssel, und Hannes ist hin- und hergerissen. Schließlich sagt er: »Your nameplate …«
Jessi neigt den Kopf, um es sehen zu können. Obwohl sie recht schlank ist, bekommt sie ein Doppelkinn.
»Oh.« Mit dem Daumen wischt sie die Marmelade vom Ende ihres Namens. »Thanks for the hint.«
Hannes nickt verlegen und Jessica flüstert: »Raspberry Donuts are my biggest problem.«
»I wish we could change«, sagt Hannes.

Die Sitzheizung des Subaru macht ihn schläfrig. Er drückt die Nierengegend an den warmen Stoff und überschlägt sein restliches Budget. Das Reisegeld ist alles, was er noch besitzt. Knapp 400 Dollar, und das auch nur, weil ihm sein Boss im Waffelladen den Lohn für den nächsten Monat vorgestreckt hat. Hannes musste dafür versprechen, im Dezember Überstunden zu schieben. Wenn er daran denkt, wird ihm ganz anders. Ein Waffelladen zur Vorweihnachtszeit, eine kratzige Nikolaus-Mütze, Unmengen schreiender Kinder – doch ohne den Vorschuss hätte er jetzt gar nichts mehr. Immerhin spart er sich mit dem Polarschlafsack das Motel und kann sich drei Mahlzeiten pro Tag und auch noch den Schwimmbadeintritt leisten. Außerdem sollte eine Tankfüllung genügen.

Hannes steht auf der Burnside Bridge im Regen. Radfahrer in fluoreszierenden Capes schießen an ihm und all den anderen vorbei, die im Stop-and-go des Feierabendverkehrs feststecken. Manche zeigen ihnen den Mittelfinger oder klatschen durchweichte *YOU ARE A CLIMATE KILLER!*-Flyer auf die Windschutzscheiben. Er würde gern den Rückwärtsgang einlegen, in einen Flieger nach Hause steigen, dort die Tür hinter sich abschließen und die Decke über den Kopf ziehen. Stattdessen stellt er das Radio lauter.

Kein einziger Skater lässt sich an den Halfpipes im Burnside aka *Paranoid Park* blicken. Im Film fliegen sie in Slow Motion vor der Kamera. Hannes beißt in ein labbriges Sandwich und scrollt durch das E-Book. Eine Stelle in der Mitte zieht er größer:

Ich stand am Fenster meiner als Krankenhauszimmer getarnten Zelle und blickte auf das Kap weit unter mir. Ein neues Schiff schwamm dem Hafen entgegen und wurde, als es nah genug war, versenkt.
Uns hatten sie noch von Bord gelassen und gefragt, was uns dazu brächte, ihr Land anzusteuern. Wir hatten mit

»Sehnsucht« geantwortet. Sehnsucht sei ein unkontrollierbares Risiko, sagten sie, die Vergangenheit habe das deutlich gezeigt. Erst wenn das Gefühl ganz verschwunden sei, könne man ein funktionierendes Mitglied ihrer Gemeinschaft sein. Man wolle versuchen, uns zu heilen.
Ich legte mich auf die Pritsche und dachte an meinen Vater, der sich geirrt hatte.

Hannes zerknüllt das Sandwichpapier und lässt es die Rampe runterrollen. Anschließend geht er zurück zum Auto, fährt auf einen Parkplatz am Willamette River und kriecht in den Schlafsack. Er ist einfach zu müde, um heute noch zu warten.

Ein Trommelwirbel im Kopf. Er öffnet die Augen. Am beschlagenen Seitenfenster steht ein älterer Mann, der aussieht wie ein Polizist. Der Mann klopft an die Scheibe.
»Sir?«
Hannes wischt das Kondenswasser mit dem Ärmel weg und stellt erleichtert fest: kein richtiger Polizist, ein Parkplatzwächter bloß. Er öffnet die Tür.
»Good Morning.«
»Morning, Sir. Did you sleep here?«
Hannes sieht keine Chance, das zu leugnen, er steckt bis zur Hüfte in warmem Polyester.
»You caught me, Frank.«

Im Gegensatz zu dem von Jessica ist Franks Name aufgenäht und fleckenlos.
»It is forbidden to sleep here, Sir«, sagt Frank ernst.
»I'm really sorry. Actually I had a date with a friend. But he stood me up and I didn't have enough money for a room.«
Frank knautscht die Lippen und kratzt sich am Kopf. Da er ohnedies ein gnädiges Gesicht hat, spürt Hannes, dass er davonkommen wird. Wenn's sein muss, ist er das geborene Opfer. So kam er als Kind zu seinem *Game Boy* und trotz eines mittelmäßigen Durchschnitts aufs Gymnasium. Seit Monaten fragt er sich, ob er so auch zu Kolja kam.
Frank sagt: »All right. But you better get up now and move it.«

»Have a nice swim«, sagt Carol, die Stimme des Navis, als er den Subaru vor dem Hallenbad parkt. Auf dem Highway hatte sie noch seine besonnene Fahrweise gelobt und ihn auf dem kürzesten Weg hierhergeleitet.
»Thank you, Carol«, erwidert Hannes und rechnet für einen kurzen Moment wirklich mit einer Antwort.

Unter der Dusche summt er die *Knight Rider*-Melodie.
Die Ränder seiner Brustwarzen sind entzündet. Vage kann er sich an den Traum der letzten Nacht erinnern.
Er saß auf einer Art Thron, und der Reihe nach legten sich Menschen in seine Arme, denen er die Brust gab.
Je vertrauter die Menschen, desto schärfer ihre Zähne.
Hannes schüttelt sich und dreht den Strahl heißer.

In einem 7-Eleven deckt er sich mit Proviant ein und steuert sein Ziel an. Mehrere Online-Magazine hatten Fotos

von Gus Van Sants neuem Loft im Pearl District veröffentlicht.
Hannes wartet zwei Häuser vor der ehemaligen Fabrikhalle, in deren oberstem Stockwerk der Regisseur Quartier bezogen haben soll. Die ziemlich großen Müllcontainer auf der Höhe seines Autos sind randvoll, eine gute Deckung und perfekt, sollte er zwischendurch aufs Klo müssen.
Möglichst unauffällig erkundet er die Umgebung, geht einmal die Straße auf und ab. Selbstverständlich steht dort kein Name an der Tür. Ansonsten deutet nichts auf besondere Sicherheitsmaßnahmen oder Überwachungsanlagen hin. Die Grenze zwischen Independent-Legende und Mensch verläuft unsichtbar.
Nach drei Stunden ist Hannes schwer gelangweilt. Schließlich unterbricht Carol auch noch das Radioprogramm und mahnt ihn, die Batterie zu schonen.
In Filmen sieht man meistens nur den Höhepunkt einer Observierung, Person X taucht auf, und Person Y beginnt mit der Verfolgung. In der Realität aber dauert alles sehr viel länger, sie macht Person Y müde und konfrontiert diese mit allerlei Zweifeln: Und wenn er auftaucht? Was dann? Gehst du dann hin und sagst: »It's me, Hannes. Thanks for dreaming, thanks for destroying«? Und wirst du dann von seinen Bodyguards zu Boden gerissen, androgynen Jungs, die eine asiatische Kampfkunst beherrschen? Wird Gus dann sagen, dass sie dich loslassen sollen, und dir aufhelfen? Und wirst du ihn ansehen, wie Matt Damon Robin Williams in *Good Will Hunting* ansieht? Wirst du zusammenbrechen? Wird Gus dich trotz der Warnung seiner Bodyguards in den Arm nehmen und immer wieder sa-

gen: Es ist nicht deine Schuld? Und wirst du ihm glauben? Wirst du ihm glauben wollen?
Hannes lockert seine Nackenmuskulatur, zieht den Schlüssel ab und öffnet die Tür für frische Luft. Mittlerweile ist Lunch-Time, und aus einigen Hinterausgängen kommen Arbeiter mit braunen Papiertüten und setzen sich auf den Bordstein in den Sonne-Wolken-Mix. Es ist ein lauer Novembertag. Kein Vergleich zu letztem Jahr, dem wärmsten November aller Zeiten auf der Nordhalbkugel. Am Martinstag picknickten Hannes und Kolja bei 25 Grad im Botanischen Garten. Ursprünglich hatte sein Vater sie beide zum Gansessen eingeladen, aber Hannes sah nicht ein, schon wieder eine dieser »Diesmal ist es für immer«-Freundinnen kennenzulernen. Seine komplette Kindheit war es so gewesen. Für zwei Jahre lebten sie in Quito bei Ida, die Auslandskorrespondentin beim *Weltspiegel* war. Hannes mochte Ida, doch sein Vater mochte Ida irgendwann nicht mehr. Also zogen sie zu seinem Onkel nach Göttingen und zwischendurch von dort nach Reutlingen, von Reutlingen nach Wald am Arlberg, nach Dortmund und Saarbrücken.
Er beißt in einen Raspberry Donut und trinkt einen Smoothie. Die Haustür des Regisseurs bleibt geschlossen.
Weitere anderthalb Stunden später muss Hannes pinkeln. Gerade als er die Hose geöffnet hat, sieht er, über die Mülltüten hinweg, jemanden aus dem Haus kommen.
Die Person trägt einen Daunenmantel, hat die Tunnelkapuze über den Kopf gezogen und läuft in seine Richtung. Schnell schließt Hannes den Hosenstall und zwängt sich tiefer in die Lücke zwischen den Containern. Aus einer kaputten Mülltüte läuft ihm Thunfischsaft über die Hände.

Er folgt dem Daunenmantel. Allein am Gang kann er nicht abschätzen, ob die Person darunter männlich oder weiblich ist. Sie kommen auf eine belebtere Straße. Der Daunenmantel sieht sich die Speisekarte eines Sushi-Takeaways an und geht weiter. Vor einem Backsteinhaus zieht er schließlich ein Portemonnaie aus der Hosentasche. *Emergency Room* steht über der Tür, durch die der Daunenmantel verschwindet.

»Komm schon«, sagt er zu sich selbst, atmet aus und geht ebenfalls durch die Tür.

»What can I do for you?«, fragt der junge Mann im Schwesternkostüm an einem Empfangstresen. Er sieht aus wie einer der Bodyguards aus Hannes' Fantasie.

»Cut the ends.«

»Do you have an appointment?«

»No.«

»Impossible.«

Hannes wendet sich bereits zum Gehen, da setzt der junge Mann ein Grinsen auf und sagt: »Just kidding! Follow me!«

Im Schneideraum sitzt eine Frau mit Kopftuch auf einem schwarzen Hocker. Sonst ist niemand da. Falls der Daunenmantel wirklich Gus ist, haben sie hier sicher ein Séparée für ihn und andere Promi-Kunden, überlegt Hannes. Der junge Mann platziert ihn auf dem Hocker direkt neben der Frau. An der Wand vor ihnen hängen Bilder statt Spiegel. Jedes zeigt einen anderen Fensterblick. Vor Hannes' Fenster startet ein Raumschiff, vor dem der Frau ist es Nacht in den Bergen.

Einer der Friseure betritt den Raum. Er trägt einen OP-Kittel und bleibt hinter der Frau stehen.

»Let's see.«
Verstohlen sieht Hannes zu ihnen herüber. Langsam löst der Friseur den Knoten und zieht das Kopftuch ab.
»Shit«, sagt der Friseur.
Shit, denkt Hannes.
»Do you think, you can save me, Oli?«, schluchzt sie.
»I'll try«, sagt der Friseur.
Hannes kann den Blick nicht abwenden.
»Would you please stop staring at me«, zischt sie ihn jetzt an.
»Sorry«, stottert Hannes und richtet die Augen auf den Düsenantrieb des Raumschiffs.
»Does it smell a bit fishy here?«, sagt sie wie zu sich selbst in den Raum.
Hannes klemmt die Hände zwischen die Schenkel.

Eine Auszubildende namens Tara schneidet Hannes die Spitzen. Überkorrekt und stumm, weil ihr Chef Oliver direkt neben ihr operiert. Phoebe, der Notfall, erzählt Oliver, dass ihr Freund für das Unglück verantwortlich sei. Einmal nennt sie ihn »Boyfriend«, danach nur noch »Son of a Bitch«. Sie schildert einen heftigen Streit, der damit endete, dass der »Son of a Bitch« ihr im Tiefschlaf Klebstoff in die Haare schmierte. Und dann sagt sie etwas, das Hannes zucken und Tara leicht mit der Schere abgleiten lässt: »Thankfully Uncle Gus is still in Europe.«

Aus der Karaokebar nebenan kommt ein schiefer Chor: »Don't you know you better run, run, run, run, run, run, run, run, run, run, run, run …« Dreißig Dollar, die Hälfte des regulären Preises, hat Hannes wegen Taras kleinem

Missgeschick gezahlt. Durchs Fenster sieht er Phoebe, die ihren Daunenmantel jetzt wieder trägt, eine Kreditkarte in das Lesegerät schieben. Die kurzen Haare schmeicheln ihrem Profil. Glück im Unglück, warum können das immer nur andere von sich behaupten?
Als sie den Laden verlässt, geht er zu ihr.
Mach was draus, Hannes. Mach was draus!
Irritiert sieht sie ihn an.
»Are you stalking me?«

2019

Norden

»I picture things a certain way.
Then go back to it another day.«

Dinosaur Jr.

I

»Wohin fliegen Sie?«, fragt der Verkäufer im Duty-free-Shop.
»Island«, antwortet Anne und packt den Alkohol in die Tasche.
»Wie kommt man auf Island?«
»Man erinnert sich.«

II

Auf ihrer Zunge klebte Konfetti, außerdem wuchs eine Aphthe im Wangenfleisch. Sie putzte Zähne und spülte mit einem Antiseptikum. Dann fing sie an, die Flaschen einzusammeln.

Zuvor war sie in Thomas' Schoß eingeschlafen. Er und alle anderen waren gegangen, ohne dass sie etwas mitbekommen hatte.

Ein paar Monate früher hatte Thomas als Junior-Scout bei *VModels* angefangen. Valerie war begeistert von den »H-Look-Teenagermädchen«, die er in die Agentur brachte. Überhaupt war alles, was von Thomas kam, »ganz fantastisch«. Thomas lieferte an und Anne lieferte aus. Es war gut für sie beide. Oder weniger beschissen.

Nach einem Studium der Kulturwissenschaften hatte Anne vom Geld ihrer Eltern gelebt. Eines Nachts hatte sie sich an einem Bartresen neben Valerie wiedergefunden und war in einen besoffenen Hassmonolog verfallen. Sie hörte sich an wie das laute Mädchen, das sie einmal gewesen war. Valerie spendierte ihr Drinks zur Belohnung. Am Ende bot sie Anne einen Job in ihrer Agentur an: »Du bist die ideale Person. Komm übermorgen vorbei.«

Zuerst glaubte Anne, Valerie wolle sie verarschen. Als am folgenden Tag eine SMS von ihr kam, antwortete sie nicht. Ein Job in einer Model-Agentur konnte auf keinen Fall die ideale Lösung sein. Schließlich unterschrieb sie den Vertrag doch. Mit Ende zwanzig von den Eltern zu leben, fühlte sich einfach noch weniger ideal an. Sie nahm sich vor, sich so bald wie möglich nach Alternativen umzusehen – zwei Jahre später war sie Co-Chefin von *VModels.*
Thomas war durch Spielschulden in der Agentur gelandet, erzählte er Anne auf einer langweiligen Aftershowparty, an deren Ende sie backstage Sex auf einem Schminktisch hatten. Bevor er Entdecker geworden war, hatte er seine Promotion geschmissen, sich hinter eine Drogerie-Kasse gesetzt und nach Payback-Karten gefragt. Er sei zufrieden gewesen, sagte er. Dann hatte er ein Pingpong-Match gegen seinen besten Freund verloren, bei dem der Einsatz gewesen war, sich als Sieger eine absurde Aufgabe für den Verlierer ausdenken zu dürfen. Nach der Niederlage schickte sein bester Freund ihm eine Mail mit dem Betreff *Competition* und einem Link zur Stellenausschreibung. Thomas verfasste eine Bewerbung, die, wie er sagte, einem »zynisch-dadaistischen Pamphlet« ähnelte, um sicherzugehen, nicht eingeladen zu werden.
Kurze Zeit später war er auf den Straßen unterwegs gewesen, um Ausschau nach Model-Kandidatinnen zu halten. Die Vermittlungsquote seiner Entdeckungen lag bei über 90 Prozent.
Anne und Thomas hatten bald regelmäßig Sex. Bis der Frauenarzt ihr verkündete: »Siebte Woche, Frau Hansen.« Sie verließ die Praxis, bewegte sich ziellos durch die Stadt, überquerte Straßen und Plätze. In der U-Bahn trat sie ei-

nem rattenhaften Hund auf die Pfoten. Die Besitzerin hob ihn auf und beschimpfte Anne als »dumme Schlampe«. Winselnd versuchte der Hund seinem Frauchen in den Ausschnitt zu klettern. Anne stieg aus.

Im Freien fiel ihr die eigene Geburtstagsparty ein. Die Einladungen dafür hatte sie längst verschickt, und sie sah sich nicht in der Lage, etwas rückgängig zu machen. Die gesamte Party über gab Anne vor, schwer betrunken zu sein. Vom ersten Glückwunsch an lallte sie und nahm den Gratulanten schnell alle Lust auf ernste Fragen. Bei den meisten war das ohnehin nie ein Problem. Thomas tauchte erst spät auf. Anne zog ihn zu sich in die Mitte, und von dort aus tanzten sie bald weiter bis in ihr Zimmer. Es war das erste Mal, dass sie mit ihm allein sein wollte, ohne sich auszuziehen.

Nach einigem Rumdrucksen war sie auf den Punkt gekommen. Den Kopf in seinem Schoß, konnte sie sein Gesicht nicht richtig sehen. Aber sie wusste, er verstand, weil seine Fingerspitzen auf ihrer Kopfhaut ins Stocken gerieten. Als ihr klar wurde, dass nichts weiter von ihm kommen würde, sagte sie nur noch: »Ich bin müde.« Thomas blieb stumm und fing erneut an, seine Finger durch ihre Haare zu bewegen. Du mechanisches Arschloch, dachte Anne, bevor sie, ohne es zu wollen, einschlief.

Mit halbtaubem Mund von der Spülung, zog sie in ihrem Wohnzimmer die Decke vom Sessel und erschrak über das dicke Mädchen darunter. Sie versuchte, das Mädchen wach zu kriegen. Der orange-rote und nach Tequila riechende Vintage-Pulli aus Schurwolle erinnerte sie an etwas, brachte sie ins Grübeln.

»Wer bist du? Mit wem warst du hier?«, fragte Anne, als sie das Mädchen endlich wach hatte.
»Mimi«, lallte das Mädchen, viel perfekter, als Anne es während der gesamten Party hinbekommen hatte.
»Du warst mit Mimi Seidel hier?«, wollte sie wissen.
»Meine Schwester«, stöhnte das Mädchen.
Anne konnte sich nicht erinnern. Und sie konnte sich auch nicht daran erinnern, dass Miriam Seidel, eines der wenigen Models, mit denen sie auch privat verkehrte, je von ihrer Schwester gesprochen hatte.
»Ich ruf sie an.«
»Nein«, sagte das Mädchen und verschluckte sich, als es versuchte, sich im Sessel aufzurichten. »Wenn sie es mitkriegt, nimmt sie mich nie wieder mit.«
Das Mädchen würgte, erst wich Anne nur ein Stück zurück, dann aber sprang sie auf und rannte in die Küche.

Das Mädchen nahm die Schüssel auf den Schoß.
»Geht's wieder?«
Bleiches Nicken.
»Ich wusste gar nicht, dass Mimi eine Schwester hat«, sagte Anne.
»Halbschwester. Mein Vater hat ihr bestimmt was dafür versprochen, dass sie mich mitnimmt.«
Das Mädchen würgte erneut, doch es kam nichts mehr.
»Ach Quatsch, das glaub ich nicht«, sagte Anne und rieb ihm beschwichtigend über das Bein.
Das Mädchen begann zu weinen.
»Ich bin fett und hässlich.«
Dein Pulli ist das größte Problem, dachte Anne und sagte: »Das bist du nicht.« Allmählich wurden die Konturen

klarer, kam Annes Gedächtnis wieder in Schwung. »Du bist einfach mehr als andere«, schob sie nach, und plötzlich war alles wieder da.
Das Mädchen hob den Kopf und sah sie an. Anne lächelte. Das Mädchen musste wieder kotzen.

Ein junger Taxifahrer half. Anne hatte noch versucht, dem Mädchen das *Donkey Kong 2018* mit einem warmen Waschlappen von der Stirn zu reiben. Ganz gelungen war es ihr nicht. Matt zog das Mädchen die Beifahrertür zu und sank in den Sitz. Erst als das Taxi außer Sichtweite war, fiel Anne auf, dass sie den Vornamen des Mädchens noch immer nicht wusste.
Zurück in der Wohnung öffnete sie alle Fenster, um die penetrante Weihrauchluft zu vertreiben, sammelte die restlichen Flaschen ein und saugte das Konfetti vom Boden. Sie dachte an den Frankfurter Vorort, die Kläranlage, den Golfplatz. Vor allem aber dachte sie an Lisa.
Sie durchsuchte das Netz. Alles, was sie fand, war eine Telefonnummer von Lisas Mutter, die anscheinend noch im selben Haus lebte. Sie überlegte und kam zu dem Schluss, dass es besser war, noch eine Nacht drüber zu schlafen.

Am Montag im Büro stand kein Muffin mit Kerze auf ihrem Schreibtisch. Eigentlich war das Standard nach Geburtstagen. Anne überlegte, ob die Grippe wohl auch Valerie erwischt hatte, und wollte bei ihrer Social-Media-Kollegin Zoë nachfragen. Doch auch die saß nicht an ihrem Platz. Es war abgemacht gewesen, dass Anne später im Büro sein würde. Sie fragte sich, wo all die anderen wa-

ren. Ratlos stand sie da und hörte nichts. Und dann, gerade als sie Valerie eine Nachricht schicken wollte, ertönte das Mahlen der Kaffeemaschine aus der Küche.
Valerie hatte die Arme auf die Theke gestützt und sah zu, wie die schwarze Flüssigkeit aus der Maschine in die Tasse und weiter über den Rand floss. Normalerweise wurde ihr der Kaffee an den Platz gebracht.
»Was ist los?«, fragte Anne. »Wo sind die anderen?«
Valerie drückte die Stopp-Taste, kippte etwas Kaffee ins Ablaufgitter der Maschine und sagte:
»Du weißt es nicht. Natürlich weißt du es nicht. Ich hab es ja auch erst vor zwei Stunden erfahren und alle nach Hause geschickt.«
»Was denn?«
»Setz dich lieber erstmal.«
Sie nahmen die harten Designerhocker. Anne überlegte, ob die Agentur pleite sein konnte. Valerie fuhr sich durch das blondierte Haar, auf ihrem Handrücken konnte Anne eine braune Kaffeespur erkennen, und sagte: »Thomas ist tot.«
Anne spürte, wie ihr die Beine schlaff wurden und wie sich ihre Schultern gleichzeitig anspannten, als wäre unten Luft abgelassen und oben reingepumpt worden. Sie legte eine Hand über den Nabel, der seit dem Bruch einem Ventil mit Schutzkappe glich.
»Soll das ein Witz sein? Ich meine, er war doch noch bei meiner Geburtstagsfeier und …«
Valerie fuhr fort: »Wir waren für heute früh verabredet. Als er nicht auftauchte, hab ich versucht ihn anzurufen. Ein Freund war am Telefon und hat's mir gesagt. Thomas ist wohl ausgerutscht und gestürzt, und dabei ist ein un-

entdecktes Aneurysma in seinem Kopf geplatzt. Sie konnten nichts machen.«
Aneurysma. So was hatten doch bloß Figuren in *Grey's Anatomy* oder irgendeiner anderen Drama-Serie, dachte Anne, während sie Valerie weiter anstarrte. Sie starrte so lange, bis akute Bauchkrämpfe sie zum Blinzeln brachten und ihr den Mund auseinanderzogen. »Scheiße«, sagte sie, rutschte vom Hocker, und dabei gaben ihre schlaffen Beine nach – da war aber nicht bloß Luft in ihr, das Ultraschallbild in ihrer Tasche war ein Beleg dafür.
Valerie half ihr zurück auf den Hocker und umarmte sie. Stumm hing Anne in ihrem Tröstegriff fest.
Aus der Tür schaffte sie es gerade noch und bis zur nächsten Ecke. Dann brach sie vor Schmerzen zusammen. Ein altes Ehepaar rief einen Rettungswagen. Im Krankenhaus sagte man ihr, sie habe das Kind und eine ganze Menge Blut verloren. Man müsse eine Ausschabung vornehmen.
»Sollen wir den Vater benachrichtigen?«

Ein paar Tage später lag Anne wieder in ihrem eigenen Bett und las eine E-Mail, in der Valerie fragte, ob sie vorhabe, zu Thomas' Beerdigung zu kommen. Sie antwortete mit *Nein* und hängte ihre Kündigung gleich dran. Woraufhin Valerie zurückschrieb, dass sie die Kündigung für den Moment akzeptiere, Anne aber jederzeit zurückkehren könne, falls sie es sich anders überlegen sollte.
Wiederholt sagte sie sich, dass sie das Kind ohnehin nicht gewollt hatte. Selbst wenn Thomas und sie sich füreinander und ein Zu-Dritt entschieden hätten und ihr verdammter Körper standgehalten hätte, wäre Thomas früher oder später doch einfach tot umgefallen.

Ihren Eltern erzählte Anne, dass sie unter einem Burnout leide. Sie reagierten mit großer Sorge und richteten ungefragt einen neuen Dauerauftrag ein.

Weihnachten kam und Weihnachten ging.
An Neujahr wachte sie nackt zwischen anderen nackten Körpern in einem Club unter der Erde auf, zog sich an und schlich ins Freie. Auf der Straße winkte sie ein Taxi heran. Der Fahrer wünschte ihr ein frohes Neues Jahr und hielt zwanzig Minuten später vor dem Ziel. Dort fiel ein schmaler Streifen Sonne auf das Friedhofstor, und in den Büschen daneben hingen Raketenreste und Böllerpapiere. Es war jetzt 2019. Thomas war noch immer tot, Autos konnten weiterhin nicht fliegen und die Menschen spielten Krieg. Also alles wie immer, dachte Anne und sagte: »Ich hab's mir überlegt. Fahren Sie mich nach Hause.«

Als es Frühling wurde, öffnete sie nach einer Ewigkeit wieder den Postkasten. Neben Werbung, Rechnungen, Einladungen, fiel ihr auch eine Karte entgegen. In der Küche übergab sie bis auf die Karte alles dem Müll. Auf der Vorderseite trieben Surfer als winzige Punkte im Ozean und ein ins Bild montierter Weißer Hai war kurz davor, sie mit seinem riesigen Maul zu verschlingen.
Manchmal will ich an Wiederholungen glauben, weißt Du.
Magnus war auch heute noch so pathetisch wie damals, dachte sie. Vier Jahre waren sie zusammen gewesen. Sie erinnerte sich, wie er ihr wiederholt gesagt hatte, dass sie einmalig sei. Aber manches konnte man noch so oft hören und fühlte doch nicht genug dabei. Trotzdem war sie

ihm dankbar für sein Zeichen, weil es ihr Lisa wieder ins Gedächtnis gerufen hatte. Noch am selben Abend erreichte Anne ihre Mutter, die sagte, dass Lisa in Island lebe, und ihr eine Mail-Adresse diktierte.

Da Anne sich ablenken musste, während sie auf eine Antwort wartete, widmete sie sich den Geschenken, die seit ihrer Geburtstagsparty ungeöffnet in einer Ecke verstaubten. Nachträglich bekam sie einen bereits abgelaufenen Wellness-Gutschein, einen Life-Tracker, diverse Spirituosen. Gleich doppelt packte sie ein Buch mit dem Titel *Muränen* aus. Zum Schluss hielt sie Thomas' Geschenk in den Händen: ein Pingpong-Set. Auf einem der beiden Bälle stand *Happy Anne!*, auf dem anderen *Das perfekte Vorspiel.* Anne ließ den »Vorspiel«-Ball vom Boden aufspringen und fing ihn wieder. Dann hörte sie ihr Notebook rufen: »Du hast Post.«
In der Box war ein Kino-Newsletter, den sie ungelesen löschte. Sie beschloss, schlafen zu gehen. Zuvor aber legte sie noch die Pingpong-Bälle in die Eierschiene ihres Kühlschranks. Es war das erste Mal, dass sie dieses Element nutzte. Ein vergessener Platz für letzte Dinge.

Lisa antwortete erst ein paar Tage später, als Anne gerade versuchte, die Fugen ihrer Dusche mit einer alten Zahnbürste zu reinigen. Während der langen Wartezeit hatte ihre Wohnung langsam einen neuen Glanz angenommen. Den Dinosaurier-Plastikbecher hatte sie mehrfach mit einem der Geschenke aufgefüllt. Es schmeckte nach Nuss und kratzte im Hals. Ohne die Putzhandschuhe abzuziehen, rannte Anne zum Computer und drückte auf *Lesen.*

Ehrlich gesagt, klingst Du nicht nach der Anne, die ich gekannt habe. Vielleicht lernen wir uns einfach (noch mal) kennen.
Völlig perplex lehnte sie sich zurück. Sie hatte mit weniger netten Schlusssätzen gerechnet. Schließlich war Lisa ihr eine lange Zeit egal gewesen, bis es ihr jetzt schlecht ging. Im Prinzip war Thomas das sich im freien Fall befindliche Flugzeug gewesen, das nötig war, um ein Verzweiflungsgebet Richtung Himmel, eine traurige Mail gen Island zu schicken.

Mitte Mai machte Anne sich auf den Weg. *Lassen wir's drauf ankommen,* hatte Lisa in ihrer letzten Nachricht geschrieben.
PS: Bring Wanderschuhe mit!

III

Der Himmel ist grau und hängt tief über Keflavík. Vereinzelte Häuser liegen wie hingespuckt auf den Küstenfelsen und mehren sich, je näher der Bus auf Reykjavík zurollt. Dazwischen wechseln sich Industrieruinen der vergangenen mit Industrierohbauten der aktuellen Finanzkrise ab.

»Looks like a never ending township«, raunt das Girlie hinter ihr, und die männliche Begleitung erwidert ein nasales »Yeah«.

Am liebsten würde Anne ihnen sagen, dass sie nichts von der Welt wissen und die Fresse halten sollen. Aber weil sie nicht mehr siebzehn ist, setzt sie sich Kopfhörer auf und hört Musik. Und wenn sie ehrlich ist, weiß sie auch nicht mehr, hat sie die Townships in Südafrika nur einmal im Vorbeifahren und hinter Sicherheitsglas gesehen.

Bei ihrer Einfahrt in die Stadt reißt der Wind ein blaues Loch ins Grau. Die Fassaden werden heiler und höher. Der KFC-Opa grinst von einem Mast herunter, scheint etwas sagen zu wollen wie: *Don't worry Urban Outdoorers! I see and protect you!*

Anne nimmt die Kopfhörer ab und schnappt gleich ein

erleichtertes »Nice« und ein bestätigendes »Yeah« in ihrem Rücken auf, wie auf nachlassendem Helium.

Für kurze Zeit war Anne im letzten Jahr schon einmal hier. Damals hatte sie nichts sehen können vor lauter Nebel. Wie nahezu alle Reisenden auf der Strecke von Europa in die USA, hatten Valerie und sie den Zwischenstopp für einen Besuch im *Blue Lagoon Geothermal Spa* genutzt. Drei Stunden hockten sie im heißen Schwefelwasser neben übergewichtigen Amerikanern, die sich ein Bier nach dem anderen am Pool-Kiosk zapfen ließen. Alle, auch Anne und Valerie, schmierten sich mineralischen Schlamm ins Gesicht, der die Zähne im Kontrast sehr gelb erscheinen ließ. Anne hatte sofort ein ungutes Gefühl beschlichen. Und tatsächlich bekam Valerie, kurz nachdem sie in New York angekommen waren, rote Pusteln im ganzen Gesicht. Wild vor Wut trat ihre Chefin auf die Minibar ein. Anne musste sich zusammenreißen, um nicht laut loszulachen. Ihre Schadenfreude verwandelte sich allerdings bald in Stress, da Valerie die gesamte Fashion Week über in ihrem Zimmer bleiben musste, um das Gesicht wieder glattzukriegen. Alle wichtigen Events hatte Anne also allein durchstehen müssen. Zurück in Deutschland hatte Valerie dann ausschließlich positives Feedback zu ihrer Vertreterin bekommen.
»Akne sei Dank«, hatte sie gesagt, als sie Anne den ersten Prämienscheck ihres Lebens überreichte.

Vom Terminal des zentralen Busbahnhofs gelangt sie in ein Viertel, in dem Botschaftsgebäude auf Botschaftsgebäude folgt. Sie muss daran denken, wie ihr erster Freund

nach einer Demo einen Ballon mit Wasser füllte, vor den Bundestag marschierte, weit ausholte und »Achtung Bombe!« brüllte.
Viel später hat sie erfahren, dass er mit dem Auto gegen einen Baum gefahren ist und nun in einem Heim für Schwerstbehinderte lebt. Ein einziges Mal hat sie ihn besucht, dabei geholfen, ihn mit Apfelmus zu füttern. Immer wenn sie ihm den Löffel vor den Mund hielt, hat sie »Achtung Torben!« sagen müssen.
Im Hafenviertel stehen Geschäftsleute Schlange für vegane Hot Dogs. Hier solle sie links abbiegen und die Straße hochlaufen, hat Lisa gesagt, dann komme sie direkt auf die Ladentür zu. Doch jetzt zögert Anne plötzlich. Sie hält die Luft an und sortiert: Rechts gibt es Würstchen, links eine Hügelstraße mit ungewissem Ausgang, vor dir ist das Meer und hinter dir liegt die schlimmste Zeit deines Lebens. Was machst du?

Es riecht nach Lakritz, als Anne durch die Ladentür eintritt. Und nach Karamell. Und Waldmeister. In den Regalen stehen große Gläser, bis oben voll mit Süßigkeiten, und aus einer kleinen Box unter der Decke klingt Dreampop. Anne fühlt sich wie in einem Regenbogen aus Süßem und Sound.
Jemand sagt: »Da bist du.«
Sie dreht sich um. Vor ihr steht eine Frau, die sich die schwarzen Haare zu einem Dutt hochgesteckt hat. Sie trägt eine Jeans, die unten in roten Wollschuhen und oben in einem viel zu weiten Hoodie verschwindet. *Dinosaur Jr.* steht auf dem schwarzen Stoff.
»Lisa?«, fragt Anne.

Lisa nickt und sagt: »Da das hier so was wie ein Blind Date ist, hab ich gedacht, ich ziehe was an, das du kennst.«
Auf aktuelle Bilder von sich hatten sie beide in ihren vorhergegangenen Mails verzichtet.
»Du siehst fast genauso aus wie früher«, fährt Lisa fort. »Nur deine Augen sind müder.«
»Ich war auch echt müde in letzter Zeit.«
»Hast du geschrieben, ja.«
Der Song wechselt.
»Umarmen?«, fragt Lisa.
Anne nimmt den Rucksack von den Schultern.

Sie lassen sich wieder los.
»Hoffentlich hast du Hunger, Karen hat gekocht.«
»Karen? Wer ist Karen?«, fragt Anne.
»Meine Frau«, antwortet Lisa.
Im Gegensatz zu Anne hatte Lisa sich mit Details sehr zurückgehalten. Mehrfach schrieb sie: *Wirst du sehen, wenn du da bist.*
Als Lisa die Ladentür zugesperrt hat, gelangen sie über eine Treppe hinter der Kasse hinauf in die Wohnung. Anne liest die Namen an der Tür. Kein Wunder, dass sie im Internet nichts finden konnte: Lisa Einarsdóttir, nicht mehr Zimmermann.
Karen steht am Herd und rührt in einem großen Topf. Sie sieht aus wie Lisas blondes Replikat.
»Herzlich willkommen! Ich mache Hummersuppe. Isst du die?«
Sie hat nicht bloß Suppe gekocht, sie hat auch Brot gebacken und Pudding geschichtet.

»Möchtest du mehr?«, fragt Karen und will Anne erneut Suppe schöpfen. Schützend hält Anne die Hände über ihren Teller: »Ich platze sonst.«
»Na gut. Dann frier ich den Rest ein.«
»Dein Deutsch ist so gut wie meins, Karen. Wie kommt das?«
»In zwölf Jahren lernt man viel dazu«, entgegnet Karen und drückt Lisas Arm.
»Zwölf Jahre«, murmelt Anne und nimmt einen großen Schluck von ihrem mitgebrachten Wein.
»Aber den Pudding musst du noch probieren«, sagt Karen.

Anne stochert in ihrer zweiten Puddingportion. Sie sitzt jetzt mit Lisa allein am Tisch. Karen ist ins Schlafzimmer verschwunden, um mit ihren Eltern zu telefonieren.
»Du hast Glück, seit gestern wird es Frühling«, sagt Lisa und schaut aus dem Küchenfenster. Um elf Uhr nachts ist draußen immer noch Tag, und das Thermometer steht auf vier Grad über null.
»Mein Glück hält sich in Grenzen«, erwidert Anne und spürt den Wein im Kopf. »Du hast es eindeutig besser hingekriegt. Vor allem bist du nicht mehr so …«
»Fett?«, fällt Lisa ihr ins Wort und sieht sie herausfordernd an.
»Traurig, wollte ich sagen.«
Anne starrt den Pudding, Lisa das Thermometer an.
»Verarbeiten heißt, sich direkt zu konfrontieren – solche Scheißsätze musste ich mir ständig anhören, als ich klein war. Wenn du so was lange genug hörst, glaubst du irgendwann dran. Jedenfalls war's bei mir so.«

Alle glauben sie an Wiederholungen, fällt Anne auf.
»Wenn du im Winter nicht frierst und im Sommer schwitzt wie ein Schwein, gehst du am besten dorthin, wo es das ganze Jahr über kalt ist. Und nach fünfzehn Jahren lädst du dann das Mädchen ein, das dir, ohne es mitzukriegen, damals dein Herz gebrochen hat, und erklärst ihr, dass du, wenn du etwas jeden Tag siehst, also in meinem Fall Süßigkeiten, automatisch weniger Lust drauf hast und irgendwann abnimmst.«
Sie macht eine Pause und sucht Annes Augen. Anne kann den Blick nicht halten.
Lisa spricht weiter: »Karen ist meine Ausnahme, weißt du. Sie sehe ich täglich, ohne es weniger zu wollen.«
»Das klingt schön. Wie habt ihr euch kennengelernt?«
»Als du damals mit Magnus nach Berlin bist, ist ziemlich genau zur selben Zeit mein Opa gestorben. Kommt meist alles auf einmal, wie das eben so ist. Ich habe dann eine Anzeige von Leuten gelesen, die ein Hostel in Island renovieren und betreiben wollten. Sie suchten nach Helfern und nahmen mich auf. Karen war damals sozusagen mein Boss. Der Laden hier in Reykjavík gehörte ihrer Tante, vor sechs Jahren hat sie ihn an uns überschrieben.«
Lisa steht auf, öffnet eine Schublade und kommt mit einem Foto zurück. Sie legt es vor Anne auf den Tisch.
»Da waren wir ganz frisch zusammen.«
Anne sieht Lisa und Karen am Rand einer grünen Klippe. Sie schauen einander an, als wüssten sie nicht, dass sie fotografiert werden.
»Wo ist das?«
Karen kommt aus dem Schlafzimmer und ruft: »Es klappt alles wie geplant.«

»Wirst du übermorgen sehen, wenn wir da sind«, sagt Lisa zu Anne.

Anne schiebt die Wärmflasche von einem Fuß auf den anderen und schaut schräg nach oben ins violette Zwischenlicht vor ihrem Fenster. Eine Luft wie Zuckerwatte, denkt sie noch.
Die Erinnerungsfunktion ihres Handys weckt sie am nächsten Morgen. *Heute hat Thomas Geburtstag* steht im Eintrag.

Eine makellos weiße Oberfläche. Möglicherweise hätte sie ihm *Happy Thomas!* draufgeschrieben, wäre es anders gekommen.
»Schlecht geschlafen?«, fragt Lisa.
»Schlecht aufgewacht«, antwortet Anne und schiebt das Frühstücksei zur Seite.
»Hast du dich immer schon für Mode interessiert?«, versucht Karen ein Gespräch.
»Nee, früher habe ich Leute gehasst, die sich mit so banalem Zeug beschäftigen.«
Lisa sagt: »Scheint immer noch so zu sein.«
»Wie meinst du das?«
»Na, du hasst dich doch mehr als genug.«
Anne stockt, dann sagt sie: »Stimmt, da ist was dran … wisst ihr, eigentlich bin ich ziemlich froh, da raus zu sein, ich wünschte nur …« Plötzlich laufen ihr Tränen aus den Augen.
»Kannst du dich noch an meinen 18. Geburtstag erinnern?«, fragt Lisa.
»Du meinst die Sache mit dem Golfplatz?«

»Davor.«
»Nicht so wirklich, nee.«
Lisa nimmt drei Stück Würfelzucker aus der Porzellandose auf dem Tisch und reicht Anne und Karen jeweils eins davon.
»Also gut. Jede von uns denkt jetzt an eine Sache, die sie unbedingt loswerden möchte. Ich zähle von drei runter und wir lösen sie auf.«
Anne erinnert sich wieder.
»Scheiße zu Scheiße.«
»Ganz genau«, sagt Lisa. »Drei, zwei, eins.«
Die Frauen lassen die Zuckerstücke in ihre Kaffeetassen plumpsen.
»So ein Psychoquatsch.«
»Eben darum«, sagt Lisa.
»Und was war da mit dem Golfplatz?«, fragt Karen.

Lisa und Anne warten auf Karen, die im Badezimmer versucht, einen Kaffeefleck aus ihrem Longsleeve zu reiben.
»Ist das nicht zu kalt?«, wundert sich Anne und deutet auf Lisas dünne Collegejacke.
»Ich frier schon nicht, keine Sorge.«
Anne wendet sich dem Bücherregal zu. Die meisten Titel kann sie nicht mal richtig lesen. Doch in der Mitte steht *Hundert Jahre Einsamkeit* auf einem Rücken, und weit unten entdeckt sie noch einen zweiten Titel auf Deutsch. Sie zieht das Buch aus der Reihe.
»Den Roman hier haben sie mir gleich doppelt zum Geburtstag geschenkt.«
»Lies ihn nicht!«, sagt Lisa.
»Warum?«

»Ist ziemlich infantiler Macho-Mist. Meine Mutter hat mir das Buch geschickt. Keine Ahnung, was sie sich dabei gedacht hat.«
Anne klappt den Deckel auf, betrachtet das Autorenfoto und liest die Biografie.
»Krass, der ist ja schon tot«, sagt sie. »Und er war auf dieser Schreibschule, auf die Magnus auch immer wollte.«
»Hat er es geschafft?«
Anne zuckt die Achseln: »Weiß ich nicht. Wir haben keinen Kontakt mehr. Alles, was ich weiß, ist, dass er vor einiger Zeit in Australien war. Er hat mir eine Karte geschickt, die nur ankam, weil ich immer noch in der alten Wohnung meiner Eltern lebe. Da stand aber nicht viel drauf.«
»Und ihr seid keine Facebook-Freunde?«
»Ich bin nicht bei Facebook. Da ist doch schon lange keiner mehr.«
»Keine Ahnung, ich war nie in einem sozialen Netzwerk.«
»Wozu auch.«
»Ich hoffe, er hat es geschafft.«
»Warum?«
»Er hat mir mal ein gutes Buch geschenkt.«
Karen kommt eilig aus dem Bad.
»Wir können los«, sagt sie.

Der Wind peitscht in Annes Gesicht. Bis zur Nasenspitze hat sie den Kragen des Parkas hochgezogen, den der Verkäufer bei Globetrotter ihr als eine »Heizung aus winddichtem Stoff« beschrieb. Er hätte ihr besser noch eine Sturmmaske empfohlen.
Nach einer Sechs-Stunden-Tour durch Reykjavík stehen

Anne und Lisa auf dem Turm der Hallgrimskirche. Karen ist unten im Saal geblieben, um ihrem Cousin, dem Organisten, beim Üben zuzuhören. Anne staunt, weil Lisa sich die Collegejackenärmel hochkrempelt und mit nackten Armen an die Brüstung tritt. Was sich für sie wie Nadeln anfühlt, scheint für Lisa allenfalls Fön zu sein.
»Läuft euer Laden eigentlich gut?«, fragt sie vorsichtig.
»Wir kommen klar«, antwortet Lisa. »Süßes ist relativ krisensicher. Frust bedeutet für viele Schokolade. Und ich weiß, wovon ich spreche.«
Mit den Augen folgt Anne einer Möwe im Segelflug. Bis der Vogel jäh einige Meter nach unten absackt und sich wild flatternd fängt. Sekundenschlaf, vermutet sie.
»Wie oft warst du schon hier oben?«
»Oft«, antwortet Lisa. »Ich muss eh überall hochklettern und runterschauen. Hab ich von meinem Vater. Als ich klein war, ist er mit mir auf alle Türme in und um Frankfurt gestiegen.«
»Guter Papa«, sagt Anne.
»Mittlerweile kann ich das auch so sehen. Geht's deinen Eltern denn gut?«
»Sie sind nach Mallorca gezogen. Distinguierte Rentner eben. Schicken mir ständig Fotos, auf denen sie aussehen wie verliebte Teenager. Der Garten ist ihr großes Hobby. Sie versuchen absolut alles anzupflanzen, kann ich dir sagen. Sogar Bananen.«
»Honigmelonen auch?«, fragt Lisa.
»Du weißt echt noch alles von früher, oder?«, lacht Anne. »Ja, seine ollen Melonen versucht mein Vater auch zu züchten.«
Anne will sich neben Lisa auf die Brüstung stützen, als

sie ein starkes Stechen im Unterleib spürt und unter die Jacke fassen muss.
»Alles in Ordnung?«
»Mhm. Ist gleich wieder vorbei ... Seit der Sache im letzten Jahr hab ich das ab und zu.«
»Denkst du noch oft daran?«
Der Schmerz löst sich auf, und Anne sagt: »Nicht mehr jeden Tag. Dummerweise hat mein Telefon mich aber vorhin erinnert, dass Thomas heute Geburtstag hätte.«
»Oh, Scheiße.«
»Weißt du, eigentlich hab ich ihn überhaupt nicht gekannt. Viel mehr als Sex war da nicht. Aber dann war ich schwanger und ... Sprechen wir von was anderem.«
»Tut mir leid, Anne.«
»Mir auch, Lisa.«
Während sie sich umarmen, knipst eine Japanerin im Hintergrund ein Foto mit ihnen und stellt es auf Instagram.

Alle drei tragen sie Sonnenbrillen und fahren nach Süden. Lisa steuert den rostigen Jeep durch eine baumlose Landschaft aus schwarzem Stein, die in braune Heuwiesen mit eingelagerten Seen und Hügelketten übergeht. Anne sammelt Eindrücke auf dem Beifahrersitz, Karen schläft auf der Rückbank. Alle paar Meter sieht Anne Gänseformationen landen oder aufflattern.
Mittags stoppen sie an einer Tankstelle und essen Sandwiches mit Krabben und süßer Mayonnaise. Am Nachbartisch bewerfen sich Jugendliche mit Röstzwiebeln.
Sie besichtigen einen schmelzenden Gletscher, zwei Wasserfälle, einen schwarzen Lavastrand und die letzte Papageientaucher-Kolonie der Insel.

»Obwohl es seit dem Massensterben verboten ist und Restaurants keine Vögel mehr anbieten dürfen, essen die Menschen sie privat und heimlich weiter. Scheiß Tradition«, sagt Karen.
»Dodo-Effekt«, konstatiert Lisa.
Als würde man ein Hospiz plündern, denkt Anne.

»Ach, vergiss es«, sagt Anne
Karen lacht. »Und das ist noch ein leichter Zungenbrecher.«
»Du lügst doch. Übersetz es mal, vielleicht kann ich's mir dann besser vorstellen.«
»Erst musst du es sagen.«
»Desoxyribonukleinsäure.«
»Was?«
»Desoxyribonukleinsäure«, wiederholt Anne, »DNS. Dafür hab ich damals im Biologieunterricht auch ewig gebraucht. Am Ende meiner Reise kann ich deinen Zungenbrecher sagen. Zehnmal hintereinander.«
»Und wenn nicht?«
»Dann rasiere ich mir die Haare ab.«

Um fünf Uhr setzen sie mit der letzten Fähre über nach Heimaey, dem Hauptstück der Westmännerinseln. Vom Sonnendeck stieren die Bootsgäste ins Fahrtwasser. Sie hoffen auf Wale, doch außer ein paar Möwen folgt ihnen niemand.

Karens Eltern sind wettergegerbte Leute von kleiner Statur, die Anne begrüßen, als wäre sie eine verschollene Heimkehrerin. Beim Abendessen erfährt sie, dass Einar

früher Bildhauer und Fußballtrainer war und Rakel Hebamme.
Rakel erzählt auf Englisch, dass man sie noch oft als Beistand zu Entbindungen ruft. Erst letzte Woche war es wieder so weit. Die Nabelschnur hatte sich gefährlich um den Hals des Babys gelegt, doch am Ende war alles gut ausgegangen.
Anne wird still, und Karen sagt etwas auf Isländisch zu ihrer Mutter. Rakel nickt.
»Hat sie es ihr erzählt?«, flüstert Anne Lisa zu.
Lisa schüttelt den Kopf: »Sie hat nur gesagt, dass es schön wäre, wenn es immer so gut ausgehen könnte.«

Als die beiden Älteren im Bett sind, knacken die drei Frauen am Kamin Pistazien und trinken die restlichen Biere aus. Karen seufzt: »Meine Eltern werden alt.«
»Aber Einar sieht wieder besser aus«, sagt Lisa.
»Was hat er?«, fragt Anne.
»Diabetes«, antwortet Karen. »Zuletzt waren seine Füße so schlimm, dass er nicht mehr mit den Kameraden auf den Fußballplatz konnte. In der Zeit hat er dauernd von dem Jahr gesprochen, als der Eldfell ausbrach und sie alle gehen mussten. Das war ziemlich anstrengend für Mama. Morgen siehst du dir den übrigens mit Lisa an. Und Stórhöfði sicher auch.«
»Du kommst nicht mit?«
»Nein, ich helfe Papa in der Werkstatt. Er arbeitet an einer Überraschung für Mama.«

IV

Sie stehen auf Stórhöfði, der südlichsten Spitze.

»Ich war noch nie bei so gutem Wetter hier oben«, schnauft Lisa. Obwohl sie seit dem Aufstieg nur noch ein T-Shirt trägt, schwitzt sie stark. »So viel Sonne am Stück ist selten. Wie gesagt, du hast Glück, dass der Frühling so früh dran ist.«

Vor ihnen liegt ein halbes Dutzend kleinerer Inseln im Meer. Lisa zieht ein Fernrohr aus dem Rucksack und stellt die Schärfe ein.

»Deins?«, fragt Anne.

»Ein Geschenk von meinem Opa.«

»Ihr ward eng miteinander, oder?«

»Er war ein verbitterter Katholik, der ständig von der Hölle gefaselt hat. Trotzdem hab ich ihn gemocht und hoffe, er ist so fern wie möglich von dort.«

Anne sagt: »Ich habe meine Großeltern nie kennengelernt und war immer wahnsinnig eifersüchtig auf alle, die in den Schulferien zu Oma und Opa durften.«

»Dafür vermisst du sie heute nicht, weil du sie nicht gekannt hast.«

»Stimmt auch wieder. So klingt es fast, als hätte ich Glück gehabt.«

»Früher hab ich geglaubt, ich würde besser klarkommen, wenn ich meinen Vater nie gekannt hätte.«
»Und heute?«
»Heute bin ich froh, dass ich ihn vermissen kann.«
Anne vermisst Thomas, obwohl sie ihn nie richtig kannte. Wahrscheinlich vermisst sie vor allem die Möglichkeit einer Zukunft. Einer Zukunft, in der Thomas der Mensch ist, der sie am besten kennt und sie vermisst, wenn sie nicht da ist.
Lisa reicht Anne das Fernrohr: »Siehst du die Hütte auf dem Felsen, der so aussieht wie ein Amboss?«
Anne nimmt sie ins Visier.
»Ja.«
»Dort wurde Karen gezeugt.«

Es ist fast vollkommen windstill. Anne öffnet ihre Jacke und setzt sich ins Gras.
»Habt ihr hier das Foto gemacht?«
Lisa nickt, schüttelt aber gleich darauf den schweißnassen Kopf und sinkt in die Hocke, auf Annes Höhe.
»Ich fass es nicht, dass ausgerechnet heute Flaute herrscht. Hier ist normalerweise einer der windigsten Punkte Europas.«
»Kann ich mir gerade überhaupt nicht vorstellen«, erwidert Anne und lehnt sich zurück auf die Ellbogen.
»An dieser Stelle hab ich den ultimativen Test gemacht«, sagt Lisa.
»Was für einen Test?«
»Vor ein paar Jahren im Winter war ich den halben Tag hier oben. Ohne Jacke, ohne Pullover.«
»Wieso?«

»Weil ich wissen wollte, wie es sich anfühlt.«
»Was?«
»Frieren«, sagt Lisa. »In meinem ganzen Leben hab ich noch nie gefroren. Ich kann es einfach nicht.«
»Soll das ein Witz sein?«
»Nein.«
Anne sieht Lisa ungläubig an.
»Noch nie?«
»Wirklich nie.«
Eine Pause entsteht, Vögel piepsen aus dem braunen Gras um sie herum.
Dann sagt Anne: »Beneidenswert. Ich friere sogar im Hochsommer.«
»Ich bin ein Mutant.«
»Du bist Icewoman.«

V

12 000 Meter Höhe, gerade haben sie die Faröer überflogen.
»Steht Ihnen gut«, sagt der Mann neben ihr. »Kennen Sie den Film *V wie Vendetta* mit Natalie Portman?«
Anne steckt den Taschenspiegel weg und sagt »Danke« und »Nein, kenne ich nicht«.
»Egal, jedenfalls haben Sie Glück. Ich dagegen sähe furchtbar aus mit abrasierten Haaren.«
Die Maschine beschreibt eine Kurve.

2019/2020

Einzelzimmer

23:42

Seit Heiligabend ist er wieder hier. Diesmal ist er selbst gefahren.

»Weihnachten ist kritisch, Herr Flieger. Gut, dass Sie gekommen sind«, sagte der Arzt. Und: »Wenn Sie wollen, kriegen Sie es hin.«

Max war zu müde, um dem Arzt zu sagen, dass er sich nicht erinnern kann, wann er zuletzt etwas wollte.

Valentin hat ihm ein Geschenk mit der Post geschickt, er und Max waren mal beste Freunde. Auf dem Buchumschlag ist ein Schiff zu sehen und darüber steht: *Muränen*. Es ist das erste Geschenk seit Jahren, seit ihrem Streit. Max weiß nicht mehr, worum es ging. Dem Arzt zufolge ist das sein größtes Problem. Also, das Verdrängen.

23:47

Er schlägt das Buch auf. Eine Karte fällt ihm entgegen.
Valentin schreibt:
Wir waren lange genug still, findest Du nicht?
Lass uns reden!
Frohe Weihnachten,
V.

23:54

Es klopft. Emma, die Pflegerin, die ein bisschen wie Maria aussieht, kommt ins Zimmer und sagt: »Gleich ist es zwölf. Kommst du mit in den Wintergarten, Feuerwerk gucken? Für dich gibt's auch eine Wunderkerze.«
Sie hält das Stäbchen hoch und lächelt.
Max sagt: »Ich überlege noch.«
»Alles klar«, sagt sie und legt das Stäbchen auf die Kommode neben der Tür.

23:59

Peng.
Zisch.
Peng.
Der Himmel explodiert, und Emma zündet ihre Kerzen an.
Max sieht in die Funken, ohne zu blinzeln.

00:15

Max liest. Die letzte Seite zuerst:
Am Ende sprangen meine Crew und ich aus den Fenstern. So hatten wir es beim Freigang auf dem Dach des Wolkenkratzers beschlossen. Um Punkt 11 Uhr, als die Ärzte unsere Zimmer für die tägliche Visite aufschlossen, flogen wir los. Wir hörten sie schreien, aber das war uns egal.
Auf unseren Pritschen lagen die Stuhlgang-Protokolle, die wir penibel hatten führen müssen, ein letzter Eintrag:
»Es verschwindet nie ganz.«

Pazifik

Das Funkgerät knarzt: »Mayday! Can anyone hear me? This is Nick Cave, captain of the *Henry Lee*. I've lost orientation … Can anyone hear me …«

Foto: Florian Reischauer

Fabian Hischmann, geboren 1983 in Donaueschingen, lebt in Berlin. Er studierte Kreatives Schreiben und Kulturjournalismus in Hildesheim und am Deutschen Literaturinstitut in Leipzig. 2008 und 2009 Dramaturgiehospitanzen an den Theatern Heidelberg und Freiburg. 2011 erhielt er das Bremer Autorenstipendium und 2013 war er Teilnehmer der Jürgen-Ponto-Schreibwerkstatt. 2015 war er Stipendiat der Kunststiftung Baden-Württemberg. Kurzgeschichten von ihm erschienen in verschiedenen Zeitschriften und Anthologien. Sein Debütroman »Am Ende schmeißen wir mit Gold« war 2014 für den Preis der Leipziger Buchmesse nominiert.